도마가 동쪽으로 간 까닭은

도마가 동쪽으로 간 까닭은

초 판 1쇄 2024년 09월 12일

지은이 박결
펴낸이 류종렬

펴낸곳 미다스북스
본부장 임종익
편집장 이다경, 김가영
디자인 임인영, 윤가희
책임진행 이예나, 김요섭, 안채원

등록 2001년 3월 21일 제2001-000040호
주소 서울시 마포구 양화로 133 서교타워 711호
전화 02) 322-7802~3
팩스 02) 6007-1845
블로그 http://blog.naver.com/midasbooks
전자주소 midasbooks@hanmail.net
페이스북 https://www.facebook.com/midasbooks425
인스타그램 https://www.instagram.com/midasbooks

ⓒ 박결, 미다스북스 2024, *Printed in Korea*.

ISBN 979-11-6910-816-4 03810

값 20,000원

※ 파본은 본사나 구입하신 서점에서 교환해드립니다.
※ 이 책에 실린 모든 콘텐츠는 미다스북스가 저작권자와의 계약에 따라 발행한 것이므로 인용하시거나 참고하실 경우 반드시 본사의 허락을 받으셔야 합니다.

미다스북스는 다음세대에게 필요한 지혜와 교양을 생각합니다.

THOMAS

도마가 동쪽으로 간 까닭은

박결 지음

미다스북스

목차

　　　　　　　서언(序言) ·· 006

◆ **제1장**　도마의 유년 시절과 성품 ························ 019

◆ **제2장**　제자로서의 도마 ···································· 033

◆ **제3장**　사도로서의 도마 ···································· 043

◆ **제4장**　제1차 선교여행 ······································ 063

◆ **제5장**　제2차 선교여행 ······································ 085

◆ **제6장**　김수로왕의 혼례 ···································· 127

◆ **제7장**　제3차 선교여행 ······································ 145

◆ **제8장**　도마의 순교(도마 연보) ························· 167

◆ **제9장**　도마의 한반도 사역과 흔적 ···················· 187

◆ **제10장**　도마의 한반도에서의 흔적(사진 자료) ········· 217

필자가 대구에서 직장생활을 할 때의 일이다. 2023년 늦은 여름날, 함께 근무하던 동료가 대구 중구에 있는 달성공원 부근에서 세미나 모임이 있다고 같이 가보자고 해서 길을 따라나섰다.

모임은 달성공원 앞 조그만 카페에서 이루어졌고 모임의 주제는 "한국에 왔었던 예수님의 제자 도마"로 그에 대해 그동안 연구해 온 도마박물관 관장 조국현 교수님의 주제에 대한 발표와 설명, 그리고 서로 토론하는 형식의 세미나로 작은 커피 모임이었는데, 커피를 마시며 그동안 예수님의 제자인 도마(Thomas)와 관련하여 연구해 오면서 도마의 한반도에서의 사역과 행적을 추적해 온 조국현 교수님과 관심 있는 몇몇 지인들이 모여서 세미나식으로 주제에 대한 의견을 발표하고 이야기를 나누는 자리였다.

사도 도마(Thomas)의 지금으로부터 약 이 천년 전 한반도에서의 사역에 대한 이야기인데, 처음 접하는 내용이라 흥미는 있었으나 그냥 관심을 끌려고 지어낸 이야기이겠거니 하고 생각하면서, 기왕에 왔으니 커피나 한잔하고 어떤 내용인지 들어나 보고 가자는 심산으로 앉아 있었다.

커피를 마시는데 커피의 이름도 도마커피였다. 맛이 독특하였는데 당시 가야의 김수로왕이 동유럽(조지아)에서 갖고 온 머루를 원료로, 도마가 한반도에 올 때 가지고 온 커피를 믹스해서 만들었다 해서 붙여진 이름이라 한다.

그 시절 도마는 어떻게 멀리 떨어진 곳, 알지도 못하는 한반도까지 왔을까, 어떤 교통편으로 예루살렘의 동쪽 끝 한반도까지 올 수 있었을까, 왔다면 육로를 통해 왔을까, 아니면 바다를 통해 왔을까, 도마는 왜 예루살렘의 반대편 한반도까지 왔을까….

도무지 알 수도, 이해할 수도 없는 이야기였으므로 마음속에 의구심만 가득 차 있었는데 당시 그가 성찬식에 쓰려고 갖고 왔다는 로마시대 유리잔인 로만그라스가 국립 중앙박물관에 소장되어 있다고 해서 처음보다는 관심과 흥미가 좀 끌리기 시작했다.

그러나 여전히 의문점들이 많아, 세미나 도중 질문을 던졌으나 답변에 대해 의구심이 쉽게 풀리지는 않았다.

그리고 조국현 교수님이 얘기하는 당시 유물이나 흔적들이 이 천년이 지난 지금까지 내려오면서 진짜 유적인지 아닌지도 알 수도 없고….

　그 시절 도마가 만들었다는 김천의 돌절구통, 영주에 있다는 도마석상, 경산에서 발굴된 목자상, 성도상 등이 진짜인지, 달성공원 토성의 기초와 일 층 부분을 도마가 나무로 만든 틀 속에 조개껍데기를 넣고 그 위에 흙으로 토성을 쌓았다는 전설 같은 이야기들이 사실인지, 도무지 알 수가 없었다.

　그러나 국립 대구박물관과 경주박물관, 김해박물관 그리고 계명대, 경북대, 영남대박물관 등에 보관되어 있는 당시 유물들의 사진들과 역사적 사실들에 대한 이야기를 들으면서 조금씩 의구심들이 풀리기 시작하였고 그러면서 더욱 흥미가 끌리고 긴장해서 이야기를 듣게 되었다.
　신화나 전설 같은 이야기만은 아닌 것을 조금씩 깨닫기 시작했다.
　그렇게 의심으로 시작했던 마음이 조금씩 풀리는 걸 보니 예수님의 창에 찔린 옆구리를 만져 보면서 비로소 의구심을 풀었던 의심쟁이 도마와 비슷한 심정인 것 같아 슬그머니 웃음마저 나왔다.
　그러고는 불현듯 의심쟁이 도마가 늘 확인해 보고 싶었던 것처럼 더 확인해 보고 사실성을 확증할 때까지, 당시 일어났던 일들에 대해 알아보고 추적해 보고 싶은 욕망이 솟구쳤다.

필자도 전에 교회를 다녔던 적이 있었지만, 교회를 다니고 안 다니고, 믿음이 있고 없고의 종교적 차원을 떠나 역사적으로 객관적 입장에서 당시의 상황들을 좀 더 살펴보고, 사실적으로 접근해서 자료들을 하나하나 찾아보고 유적들을 찾아 궁금증을 풀어보고자 하는 욕구가 마음속에 일었다.

그 당시는 한반도에는 국가라는 개념이 아직 정립되지 않은, 씨족이나 부족들이 모여 느슨한 형태의 부족연합을 이루고 살았던 부족국가 연맹의 청동기시대였다.

도마는 예수의 쌍둥이 동생 중 한 사람으로 원래 이름은 유다도마이다.

도마는 쌍둥이라는 아람(시리아)어이고 헬라어로 쌍둥이를 디두모라 하는데 도마복음서 첫머리에 "이것은 디두모라 하는 유다도마가 지은 것이니"라고 도마에 대한 지칭이 나온다.

예수의 형제들 중, 셋째와 넷째가 쌍둥이로 당시의 여러 문헌을 종합하여 추론해 볼 때, 셋째가 도마이고 넷째가 시몬인 것 같다.

실증주의자 도마는 지금으로부터 2,000년 전에 예수로부터 제자로서 사도의 직분으로 인도 사역에 나선다. 72세에 인도에서 순교하기까지 도마는 서너 차례 선교여행을 떠나 인도와 아시아지역 선교와 사역을 했다.

두 차례 인도에서의 사역과, 1차 인도에서의 사역 중 배를 타고 바다의 실크로드라고 일컫는 아라비아해와 인도양에서 태평양으로 오는 관문인 말레이반도의 말라카해협을 거쳐, 중국의 깊은 곳 한반도까지 와서 동쪽 땅끝 미션을 완수하고 다시 예루살렘으로 돌아갔다는 이야기다.

예수의 땅끝까지 이르러 내증인이 되라는 미션을 수행하기 위해 인도 북동부지역에서 1차 선교 중, 해상루트를 통해 거친 파고를 헤치고 한반도 남단으로 도착하여 당시 가야국 김해를 중심으로 변한, 진한의 지금의 경상도지역에서 사역을 했다고 한다.

그때의 흔적이나 유물들이 지금까지 남아있고, 특히 도마와 김해김씨의 시조인 가야국 김수로왕과 얽힌 사연과 이야기, 유적들이 문헌이나 구전을 통해 전해져 내려고 있다.

그러나 그동안 당시를 증거하는 삼한시대의 많은 사료나 유적들이 훼손되거나 분실되었고, 특히 일제 강점기를 거치면서 일제의 우리민족역사 말살정책에 의해 많은 유물과 유적들이 불타거나 유실되었.

유구한 우리의 역사를 축소하고 그 뿌리를 훼손함으로써 자신들의 상대적 우월성을 강조하기 위해 저지른 역사적 만행의 결과이다.

한반도에서의 삼한(三韓)의 역사는 이 땅에 처음으로 부족국가가 형성이 되고 본격적으로 고대국가로의 역사가 시작되는 민족사적으로 매우 중요한 시기인데 그 역사의 흔적을 지우고 고조선과 삼한의 역사를 축소, 왜곡하여, 지금 우리가 당시의 역사적 사실들에 대해 알고 있는 사실들이 많지 않다는데 매우 아쉽고 안타까울 뿐이다.

당시 한반도 삼한에는 78개의 소규모 부족국가들이 모여 부족연맹을 형성하여 살고 있었는데 그들은 삼국시대 이전까지 한반도 중남부 지역에 분포되어, 북쪽 지역의 고조선과 함께 500년 이상을 영위(榮位)하였다.

중요한 것은 지금까지도 그때의 유물이나 유적들이 발굴이 되고 있고, 당시 가락국을 비롯한 주변 부족국가들에서 많이 발견되고 있으며, 그 유물들 중에는 도마의 행적과 관련된 흔적들도 있는데 도마가 성찬식 때에 쓰려고 가져온 유리잔인 로만그라스, 도마가 만들었다는 영주의 석상, 김천의 돌절구통과 경산에 목자상과 성도상, 김해 고상 가옥 그리고 제철소(대장간)를 만들고 철기 도구들을 만들어 보급하면서 당시 첨단기술이던 강철을 만드는 제철소를 보호하기 위해 토성을 쌓았다는 달성공원(達城公園) 성곽 등이 지금까지 보존되고 남아있어 도마의 한반도에서의 사역을 사실적으로 뒷받침해 주고 있다.

그러한 당시 유적과 유물들을 토대로 사실성을 추적하면서 도대체 왜, 무엇 때문에 도마는 그렇게 먼 길을 마다하지 않고 왔을까, 왜 지구 반대편 예루살렘에서 동쪽 끝 한반도까지 찾아왔을까 하는 궁금증과 의문점들이 시간이 지날수록 증폭되어 머릿속을 맴돌면서 좀 더 실제적으로 접근해 봐야겠다는 일종의 사명감마저 들어, 보다 구체적으로 접근하여 당시의 정황과 역사적 사안들을 연계해서 입증하고, 사실들을 추적하여 알리는 계기가 되고자 펜을 들게 되었다.

그러나 내용의 대부분은 어디까지나 당시의 유물이나 유적 그리고 역사적 자료들을 기초로 한 추정과 추론형식으로, 완벽하게 입증하기 위해서는 좀 더 시간이 필요하고 특히 도마가 인도에서의 사역 중, 한반도까지 오게 되기까지의 과정과 사실성에 대한 입증은 앞으로도 더 검토하고 검증해 봐야 할 과제이다.

인도에서의 도마의 행적과 유물들은 충분하게 남아있고, 보존되어 지금도 많은 사람들이 다녀가고, 특히 관심 있는 관련 연구단체나 종교단체들도 많이 가서 돌아보고 있다.

그러나 한반도에서의 그의 행적이나 사료들이 충분치가 않아, 일단은 많지는 않지만 남아있는 흔적이나 유물들, 관련 자료들을 바탕으로 이야기를 전개해 나가면서 사실적 내용에 비중을 두고 추론형식으로 서술하였다.

그는 그의 스승인 예수로부터 받은 지상명령의 사명을 완수하고 다시 예루살렘으로 돌아갔다가, 제2차 선교여행으로 다시 인도로 건너가 인도 동남부 최대도시인 첸나이에서 사역 중 마즈다이왕에 잡혀 처형당하면서, 순교(殉敎)한다.

일부에서는 그가 한반도에 오게 된 것이 한반도 남단의 가야연맹의 부족국가 중 하나로 지금의 김천(金泉)땅 감문국 제사장 조슈아의 초청을 받아 왔다는 가설도 있다.

제사장 조슈아는 이스라엘 레위지파의 후손으로, 목수로서 건축의 숙련공이면서 강철을 만드는 기술을 갖고 있는 것으로 알려진 도마의 소문을 듣고 당시 실크로드를 오가던 상인들을 통해 초청장을 보내 한반도까지의 방문을 요청하였다는 이야기다.

어쨌든 여러 정황으로 추정해 볼 때 도마는 위험을 무릅쓰고 해상길 실크로드를 통해 배로 인도를 떠나 한반도에 도달한 것으로 볼 수 있다.

또 하나의 흥미로운 이야기는 도마가 한반도의 동남쪽의 가야국왕인 김수로왕을 인도에서의 선교여행 중에 알게 된 아유타국의 국왕에게 소개하고 왕국의 공주와 김수로왕을 중매해서 혼례를 성사시켰다는 이야기가 있다.

그 이야기는 나중에 다시 상세하게 기술하는 것으로 하고, 당시 동서 간 왕래에 대한 상황을 살펴보면 그 당시에도 동서 간 교역이 활발하여 몬순바람을 타고 지중해와 아라비아해, 인도양을 거쳐 태평양으로 오는 바닷길 실크로드와 중앙아시아지역 초원지대와 카스피해, 알타이산맥을 넘는 초원길 실크로드, 그리고 중동의 사막지대를 가로질러 중국 중원에 이르는 약대의 실크로드가 있었다.

그중 도마는 인도에서 사역 중 배를 이용해 해상루트를 통해 한반도 남단으로 도착했다는 것이다.

도마는 땅끝까지 이르러 내증인이 되라는 예수의 지상명령의 미션을 위해, 당시 예루살렘으로부터 유라시아대륙의 동쪽 끝 한반도까지 만난 (萬難)의 위험을 무릅쓰고 찾아와 사명을 완수한 것으로 추정된다.

그리고 한편으로 사도바울은 예루살렘에서의 서쪽 끝 스페인까지 가서 서쪽 땅끝 사역을 완수한다.

제자들 중 도마에 대하여 비교적 알려지거나 관련 문헌들이 많지가 않았는데, 그 가운데 거의 유일하게 도마행전과 복음서가 1945년 12월에 이집트 나일강 주변 나그하마디에서 발견되었다.

그것은 AD2~3세기 시리아어로 기록된 것으로, 당시 교황청에서 인정한 정통적 신앙문서 외에는 모두 이단이니 불살라 없애라는 칙령(勅令)이 있었고, 그래서 이집트 수도원의 수도사들은 없애라는 문헌들을 나중에

라도 볼 수 있게 하기 위해 커다란 항아리에 넣고 밀봉해서 나일강 유역 나그하마디 언덕에 묻어버렸다.

그로부터 1,600년이 지난 1945년 그 지역에서 농사를 짓던 한 농부에 의해 우연하게 발견되어 도마행전이 햇빛을 볼 수 있었던 것이다.

그 내용은 1부, 2부로 되어 있는데 1부는 총 171장 중에서 1장에서 61장까지로, 도마의 1차 선교여행에 대한 내용이고, 2부는 62~171장으로 도마의 2차 선교여행에 대한 내용들이다. 또 문헌에는 도마가 1차 선교여행으로 인도의 북동부지역에서 선교활동을 하던 중, 극동 아시아지역으로 선교여행을 떠나 말레이반도 말라카해협을 거쳐 중국의 깊숙한 곳까지 갔다는 기록이 있는데, 중국의 깊은 곳, 그곳은 예루살렘의 동쪽 땅끝 한반도였다.

필자는 당시 도마가 한반도까지 왔다는 이야기에 커다란 관심과 함께 일종의 역사적 사명감까지 들어 글을 쓰기 시작하였고, 종교적 차원을 떠나 객관적 입장에서 당시의 사실성과 관련 문헌들, 그리고 그의 행적과 유적들을 기초하여 이야기를 전개해 나가기로 하였다.

한가지 우리가 유념해야 할 점은 이미 삼천 년 전 솔로몬 시대부터 동서 간 왕래와 교역이 활발하였고, 그것은 하나의 대륙인 유럽과 아시아의 유라시아대륙에 실크로드라 일컫는 세 군데 주요 루트를 통해서였다.

  그 교역 루트를 통해 상업적인 교류뿐 아니라 인적교류와 종교적 교류도 이루어졌고 그래서 그 길을 통해 승려들의 포교로 불교가 인도와 중국을 거쳐 한반도까지 들어올 수 있었으며 그러한 당시 교류의 통로를 이용해 도마가 수만 리 한반도까지의 사역에 나설 수 있었던 것이다.

  그렇게 역사적인 사실과 당시의 유적과 유물들, 객관적 사료들을 근간으로 기술하는 데 중점을 두었으며, 글을 쓰면서 객관적인 서술을 위해 종교적으로 일컫는 높임말이나 존칭어를 생략하였음을 양해드린다.

  종교적 차원에서 쓴 글이 아니기에 간략하게 이름이나 호칭만으로 대신하였고, 이제까지 밝혀진 자료와 유적과 유물들을 근거로 최대한 사실성에 근접하여 서술하고 구성하는 데 중점을 두었다.

  그러나 이천년이 지난 지금, 당시 상황에 대한 정확한 고증은 쉽지가 않으며 어디까지나 이제까지 드러난 역사적 자료나 문헌, 유물들과 유적을 중심한 사실들을 근간으로 추론하여 쓴 글이기 때문에, 더 확실한 내용으로 고증하고 입증하기 위해서는 좀 더 시간이 필요할 것 같다.

제1장

도마의 유년 시절과 성품

도마라는 이름은 쌍둥이라는 아람(시리아)어이다. 헬라어로는 디두모라고도 하는데 일반적으로 쌍둥이를 의미하는 말이다.

원래 이름은 유다인데 유다라는 이름이 흔하고, 특히 예수의 제자 중에 가룟유다가 있어 혼동하지 않기 위해 유다도마로 정식이름을 호칭하게 되었다.

당시 중근동 사람들은 이름을 지을 때 태어난 지역의 지명을 이름에 붙이거나 직업 또는 아버지의 이름을 따서 많이 지었다.

막달라마리아나 가룟유다나 모두 앞에 붙은 이름은 태어난 곳으로 지명을 이름에 붙인 것이며, 바돌로메는 돌로메의 아들 이름이고 바요나시몬은 요나의 아들 시몬의 이름이다.

예수의 네 명의 동생 중 둘째와 셋째가 쌍둥이이며 도마와 시몬이 그들로 추정된다. 그것은 도마행전 31장에 도마를 향해 "당신은 그리스도의 쌍둥이 형제이며"라는 문구가 나온다.

그리고 11장에는 "유다도마처럼 보이는 주 예수가 그들과 얘기하는 것을 보았다."라는 말이 있고, 예수는 그들에게 "나는 도마라고 부르는 유다가 아니고 그의 형제니라."라고 말하는 것으로 알 수 있다.

예수의 형제들에 대해 살펴보면 마가복음 6:3절에 어머니 마리아와 목수, 그리고 동생인 야고보, 요셉, 유다, 시몬 그리고 누이들이라 기록되어 있고, 마태복음 13:55 절에도 목수, 마리아, 동생인 야고보, 요셉, 유다, 시몬 그리고 누이들로 기록되어 있다.

마가는 그의 복음서에서 쌍둥이 형제 중 유다가 형이라 했고, 형제들 이름의 순서로 보아 유다도마는 예수의 두 번째 동생으로 추정된다.

예수는 장자로서, 대개 장자들이 그러하듯 부모를 대신하여 동생들을 보살피고 집안일을 챙기면서, 생계를 위해 가계 일도 돌보았을 것이다.

가계인 목수 일을 하면서, 밖으로 나갈 때면 동생인 도마를 데리고 다니면서 심부름도 시키고 함께 유대 절기 행사에도 참석하고 하면서 유달리 형제간의 우애가 꽤나 깊었던 것 같았고, 도마도 그렇게 함께 다니면서 자연스럽게 제자가 되었고 나중에는 정식으로 사도가 된 것 같다.

도마는 목수 집안에서 성장하면서 집안일을 도우면서 나무를 다루는 일이나 나무로 조형물을 만들고 집을 짓고 하는 목수로서의 기술을 배우게 되었고, 재능도 있어 일을 꽤나 능숙하게 잘하였던 것 같다.

그리고 주어진 일에 성실하면서 책임감도 강해 주변으로부터 칭찬과 좋은 평판을 받은 것 같다.

나중에 그가 인도에 갈 때 노예로 팔려 갔지만, 인도에서도 성실한 그의 품행과 목수로서의 재능을 인정받아, 왕의 부탁으로 궁전을 짓거나 고위층의 집을 지어주는 일들이 많았고, 또 교회도 많이 짓게 된다.

도마는 어린 시절을 어떻게 보냈을까. 평범한 유대 가정에서 자라면서 유대의 기본적인 종교교육을 받았을 것이고, 엄격한 유대 가정교육의 전통에 따라 교육을 받으면서 잘못하면 종아리를 회초리로 맞고 하였을 것이다.

당시 유대 사회는 어릴 적엔 어머니로부터, 청소년기부터는 아버지로부터 배우고 교육받는 것이 전통적 관습이었다.

갈릴리호수 서쪽 작은 마을에서 태어난 도마는 어릴 적에 친구들과 호숫가에서 뛰어놀면서 함께 물고기도 잡고 헤엄도 치고 하면서 여느 시골 마을의 풍경처럼 그렇게 어린 시절을 보냈을 것이다.

그러면서 집안의 생계를 위해 목수 일을 도우면서 자연스럽게 목공 일을 배우고 건축을 위한 기초적인 설계와 집 짓는 일까지 하게 된 것 같다.

그러한 평범한 목수 집안에서 자라면서 당시 유대 사회가 로마제국의 통치로 반강제적이고 억압적 분위기였는데, 그에 대한 반발심과 답답함 그리고 일종의 적개심도 어린 가슴속에 품고 있었을 것이다.

그가 청소년기에 접어들면서 당시 로마제국의 유대에 대한 압제(壓制)가 날이 갈수록 심해지면서 과중한 세금 징수와 수탈 등으로 사회적 불만이 고조되고 로마 총독에 대한 유대 사람들의 반감(反感)이 커지고 있었다.

특히 젊은 층에서는 억압에 반발하여 시위와 과격행위도 있었을 것이고, 그러면서 그들 사이에 자연스럽게 유대 민족주의가 자리 잡으면서 국권 회복을 위한 민중운동과 시위도 자주 있었을 것이다.

도마는 그러한 당시 사회적 분위기 속에서 호숫가 어촌마을에서 자라면서 쓰러져 가는 국가와 민족을 구하고 지금과는 다른, 새로운 세상을 꿈꾸며 여느 젊은이들처럼 혈기로 가득 찬 청소년 시절을 보냈을 것인데 결국은 그렇게 유대 사회에 쌓이고 쌓인 불만들이 AD66년경 예루살렘에서 폭발하고 만다. 폭동은 4년간 지속되었고 약 110만 명의 유대인들이 피살되거나 실종된다.

도마의 유년과 청소년 시절은 로마제국의 압제(壓制)와 수탈에 시달리면서 그에 대한 사회적 반발도 심했고 울분을 분출할 새로운 돌파구를 찾고 있을 때였다.

당시 그러한 사회적 상황과 분위기 속에서, 그는 지금의 어렵고 힘든 고통에서 벗어나 미래와 피안의 세계에 대한 동경심으로, 이스라엘을 구해줄 구세주를 간절히 기다리고 있었을 것이다.

로마제국의 압제와 암울한 사회적 분위기 속에서 성장하면서 도마는 조국 이스라엘이 지정학적 요인과 약소민족으로서 그동안 주변국들의 침략과 억압으로 수난의 길을 걸어온 역사 앞에 자괴감마저 들면서 어릴 적 배운 유대의 가르침과 신앙에 대해 강한 의구심과, 관습적인 종교적 의식(儀式)과 부패한 제사장들의 행태에 실망감이 컸을 것이다.

그리고 그러한 실망과 의구심을 해소할 수 있는 그 무언가를 찾으며 그는 빛이 안 보이는 어둡고 긴 터널 속을 걷는 심정으로, 답답한 마음으로 방황의 시간을 보냈을 것이고, 어려움 속에 처해있는 민족을 구하고 지금과는 다른 새로운 세상을 꿈꾸며 절대자에 대한 간구의 기도와, 구원을 위한 확실한 실체를 찾으려고 노력한 것 같다.

어린 시절 도마는 낮에는 집안의 목수 일을 도우며 유대의 종교적 가르침을 받았을 것이고, 저녁에는 그 의구심을 풀어보려고 호숫가에 나가 나름대로 기도드리며 현실에 대한 대안으로 피안의 세계에 대한 동경심으로, 그리고 지금의 어두운 세상을 밝혀주고 억압받는 민족을 구해줄 구세주를 간절한 심정으로 기다렸을 것이다.

일부에서는 도마의 성격에 대해 의심이 많고 기회주의자라는 혹평도 많지만 그러나 그의 성품을 자세히 들여다보면 그는 무언가를 바로 알기 위해 부단히 노력하는 성격으로, 확신이 들 때까지 질문하고 탐구하면서 확실히 알고 정확히 실행하고자 하는 실증주의자의 전형(典型)이다.

의문이 풀리고 확신이 서면 좌고우면(左顧右眄)하지 않고 오직 한곳에만 전념하는 고집스러우면서 강직한 성품의 소유자로, 의심쟁이 도마로 알려졌으나 그것은 또 한편으로는 무언가를 바로 알고 실행하기 위한 나름대로의 방법일 수도 있고, 올바르게 알아서 정확하게 실행하기 위한 완벽을 추구하는 성격의 소산일 수도 있다.

오히려 얼렁뚱땅하는 성격보다 그와 같이 올바르게 알아서 확실하게 실행하고자 하는, 어찌 보면 시간을 허비하거나 실수하지 않고 정확하게, 제대로 알고 행하고자 하는 좋은 습성일 수가 있다.

그가 스승의 십자가에서의 상처를 직접 확인하고는 확신을 갖고 "당신은 진정한 살아있는 하나님입니다."라고 고백하며 무릎을 꿇은 데서도 그러한 그의 담백한 실증주의적 성격을 엿볼 수 있다.

물론 도마의 어린 시절이나 성품 등에 관련하여 자세히 나와 있는 문헌이나 자료들은 거의 없고 복음서에도 짧게 언급되어, 복음서 중 제일 마지막 요한복음서에만 간단하게 기록되어 있다.

완벽주의자 도마는 스승인 예수 앞에 무릎 꿇고 고백을 하고 나서 목숨을 건 인도와 아시아선교를 떠난다. 그리고 그는 사명을 마치고 인도에서 순교(殉敎)한다.

확신을 가진 이후, 좌고우면(左顧右眄)하지 않고 오직 복음을 전하고 사역에 매진하면서 사명을 위해 헌신하고, 순교하면서 생을 마친 것이다.

무엇이든 정확한 것을 좋아하는 도마는 실증주의자요 철저한 완벽주의적 성품의 소유자로, 매사에 성실하여 맡은 일에 최선 다하면서 무언가 미심쩍은 일이 있으면 바로 알고자 노력해서 실수하지 않고 정확하게 일을 추진하고자 하는 꼼꼼한 성격으로, 끝까지 스승과의 약속을 저버리지 않고 목숨을 바친, 의리 있고 강직한 성품의 소유자이다.

그러므로 우리가 알고 있는 의심 많고 기회주의적 성격의 도마가 아니고, 확신을 갖기 위해 부단히 노력하고 시도하면서, 일단 확신을 갖게 되면 오직 그 길을 변치 않고 걸어가는 우직한 실증주의자 도마임을 알게 된다.

도마는 매우 성실하고 강직한 성품으로, 물론 그동안 그의 행동에 대해 기회주의자라든지 겁쟁이 또는 의심쟁이라는 등 말들이 많았으나, 새로이 접하게 되는 그의 성품은 그러한 말들이 무색하게 완벽을 추구하고 의문이나 의혹이 생기면 그것을 제대로 알 때까지 탐구하고 질문하면서,

실수하지 않기 위해 노력하는 완벽주의자의 성품임을 알게 된다.

의문이 생기면 바로 질문하여 의심을 풀고, 확신이 생기면 어떠한 난관이나 어려움이 있어도 두려움 없이 뚫고 나가는 강인한 성품의 사람이다.

그는 부활에 대해 믿지 못하고 있다가 십자가에서의 상처를 직접 만져 보고 나서 확증을 갖게 된다.

그는 예수의 창에 찔린 상처를 만져 보고 엎드려 "당신은 나의 주님이시요, 하나님이시나이다."라고 고백하였다.

그리고 더 이상의 질문이나 의심 없이, 주저 없이 선교를 위한 험난한 사역의 길을 떠난다.

믿음으로 죽음을 두려워하지 않고 오히려 기쁘게 생각하는 담대한 마음으로, 오직 스승과의 약속과 지상명령의 사명을 이루기 위해서였다.

도마의 성품이나 유년 시절에 대해 자세하게 나와 있는 문헌이나 사료들은 거의 없고 요한복음서에 그의 성품을 잘 나타내는 말이 나와 있는데 "그는 가식적인 면이 없고 자기의 주장을 가감 없이 하는 자이고 있는 그대로를 믿고, 믿으면 그대로 행하는 자이다. 그리고 강직하고 의리 있는 사람이다."라고 씌어 있다.

단적인 예로, 베다니에 사는, 예수를 따르고 공경했던 나사로가 중병에 걸려 죽을 날만 기다리고 있다는 소식을 들은 예수가 제자들에게 예루살렘으로 다시 가자고 얘기했을 때 제자들은 "랍비여 얼마 전에도 유대교와 제사장들이 우리에게 돌을 던져 우리를 죽이려 했는데 거기를 또 갑니까."라며 반대했다.

그 얘기는 얼마 전 유월절에 예루살렘에 갔을 때 유대제사장들과 맹신자들이 그들에게 두 번씩이나 돌을 던지고 돌로 머리를 치려 했던 사건을 두고 한 말이다.

당시 유대 사회는 하나님을 모독하는 자나 간음 등으로 죄를 저지른 범법자들에 대해 돌로 쳐서 죽이는 사회적 관습이 있었다. 그들은 예수의 가르침이 하늘에 반하는 것으로 하나님의 뜻을 거역하고 자신들을 모독하는 것으로 생각하고 돌을 던지고, 쳐서 죽이려고 했던 것이다.

제자들이 그때 일을 얘기하면서 수군거리며 두려워하고 있을 때, 도마가 나서 "함께 예루살렘에 가서 주님과 함께 죽자!"라고 외치며 망설이고 있는 동료들을 독려하고 다그치며 앞장서 스승을 따라나선다. 그의 의리 있고 과단성 있는 성품을 단적으로 보여주는 예다.

또 예수가 승천하기 전에 제자들을 모아놓고 얘기하는 중에 도마가 제자들을 대신해 단도직입적으로 질문한다. "주여, 어디로 가시는 줄 우리가 알지 못하거늘 우리가 어찌 따르겠나이까."

당시 이스라엘은 중동의 작은 나라 중 하나로 모세를 따라 수십 년을 광야를 헤매며 방랑의 길을 걸어왔고, 그동안 숱한 외부의 침략과 수탈로 어렵고 힘들게 살아온 터였다.

그래서 제자들은 구세주로 오신 자신들의 스승이 솔로몬이나 다윗왕처럼 다시금 이스라엘의 국권을 회복시키고, 번영시켜 주기를 바랐고 옛 영화와 영광을 다시 누리게 해줄 구세주로 굳게 믿고 따르고 있었다.

그런데 승천(昇天)을 앞둔 스승의 얘기가 당면과제의 당장의 어려운 현안들을 해결해 주고 기대했던 일들을 성취시켜 주는 약속이 아니고 당장 피부에 와 닿지 않는 먼 훗날을 기약하는 피안의 세계에 대한 얘기만 하니 실망감이 컸을 것이다. 그때 도마가 나서 가라앉은 침울한 분위기를 깨고 그들이 답답해하는 속마음을 대신해 직설적인 질문을 한 것이다.

그의 직접적이고도 과단성 있는 성품을 보여주는 것으로, 어려운 문제나 일들이 있을 때, 혹은 의심나는 것이 있으면 직접적으로 질문해서 문제를 해결하고 혼돈과 궁금증을 해소하면서 동료들과 함께 자신들이 나가야 할 바를 확실하게 하기 위함이었을 것이다.

그때 예수가 "내가 곧 길이요 진리요 생명이니 나로 말미 않고는 아버지께로 갈 자가 없느니라."라고 하였는데, 그것은 제자들에게 앞으로 할 일이나 지금 당장 필요한 것들을 어떻게 해주겠다는 약속이 아니라, 그것보다 훨씬 더 중요한 일이 지금과는 비교가 안 되는 영원한 천국으로 가는 것이고, 땅에서보다 하늘에 소망을 두라는 의미의 메시지로, 자신을 통해서만 그 길을 갈 수 있다는 중대한 메시아적 소임을 얘기한 것이다.

도마의 성격은 자기가 직접 눈으로 보고 확인하지 않고서는 잘 믿지 않으나, 한번 눈으로 확인하고 확증을 갖게 되면 더 이상 의심치 않고 끝까지 믿고 가는 실증주의적 사고를 가진 완벽을 추구하는 성품이다.

그런 그의 성격을 잘 아는 예수가 그의 성품대로 그의 의구심을 풀어주고 확인시켜 줌으로써 그를 가장 중요한 사역지인 인도와 아시아지역, 더 나아가 동쪽 땅끝 사명을 맡긴 것이다.

바울에게 이방인들을 상대로 한 유럽지역과 서쪽 땅끝 사역을 맡겼다면, 도마에게는 지금의 시리아 땅에 세웠던 동방교회를 기점으로 동쪽으로의 인도와 아시아 사역을 맡긴 것이다.

한번 마음먹으면 변치 않고 끝까지 가는 우직한 그의 성품을 잘 알기에 그에게 중요한 동방의 인구가 가장 많은 인도와 아시아의 선교를 맡긴 것이고, 마침내 그는 그 험난하고도 힘든 고난의 사역을 감당하며 미션을 완수하면서 스승의 기대에 부응한다.

그의 강직하고도 일관된 집념의 성품이 아니면 중간에 좌절하거나 포기할 수도 있는 험지(險地)인 인도와 아시아, 그리고 동쪽 땅끝 선교를 오직 믿음과 스승에 대한 신의로 극복하고 완수한다.

못 믿는 구석이 있으면 질문하여 바로 알고자 노력하고, 의문이 풀리면 끝까지 좌고우면(左顧右眄)하지 않고 그 길을 걸어가는, 실증주의적 사고를 가진 그는 스승의 지상명령과 복음을 위해 목숨 건 수만 리 길 선교 여행을 떠났고, 오직 맡은 사명을 위해 목숨을 바쳐 책임을 다하는 그의 행적을 보면서, 의심쟁이 기회주의자 도마가 아니고 합리적 실증주의자요 매사를 정확하게 처리하는 완벽주의자로, 강직한 성품의 도마임을 알게 된다.

제2장

제자로서의 도마

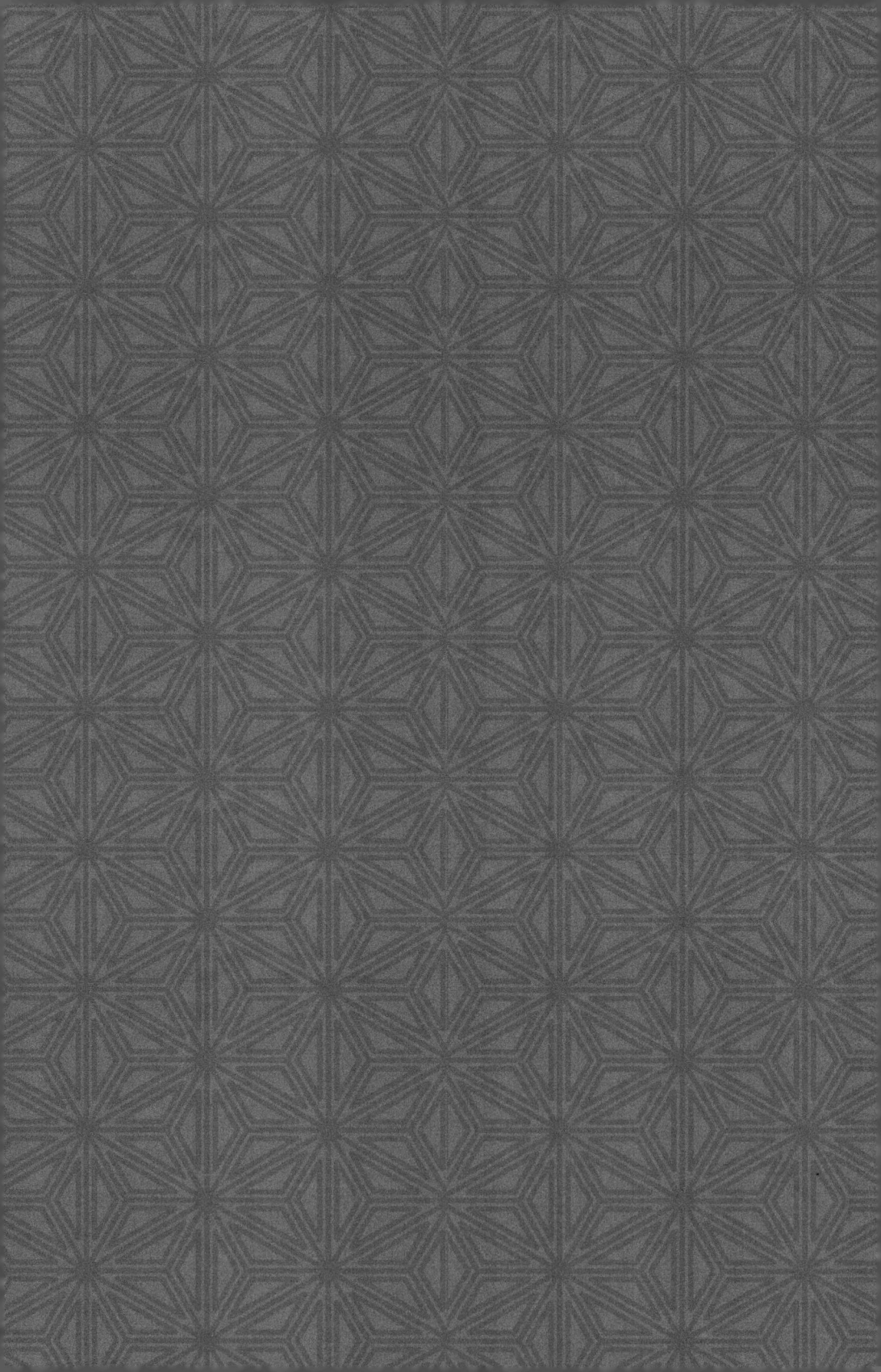

청년 시절 로마의 압제(壓制)와 수탈(收奪) 속에 암울한 시기를 보내고 있던 도마는 답답함과 울분을 풀어줄 새로운 희망을 찾아 나섰고 그때 그에게 다가온 이제까지 듣지 못했던, 가슴의 답답함을 풀어주고 암울한 세상을 새 희망으로 바꾸는 경천동지(驚天動地)할 만한 이야기에 가슴이 뛰기 시작하였다. 목말라하던 자신의 갈증을 채워주고 갈망하던 새로운 세상을 위한 놀라운 말씀을 듣고 그는 결심한다. 그리고 12제자 중 한 사람으로서 새로운 길을 걷기 시작한다.

그러나 그의 성품이 완벽주의를 추구하기 때문에 처음에는 선뜻 믿음을 갖고 따르지는 않은 것 같다. 좀 구차스럽게 질문도 하고 눈으로 보고 확인할 때까지, 자기 마음이 확정할 때까지 좀 까탈스럽게 행동을 한 것 같다.

그는 질문을 자주하고 의문이 풀릴 때까지 되풀이하여, 스승을 비롯해 동료들조차 그런 그의 행동을 귀찮게 여기고 좀 피곤하게 생각할 때도 많이 있었을 것이다.

일부에서는 그를 의심쟁이, 기회주의자라고 비난하지만 그의 행동과 행적을 살펴보면 그와 반대 성격의 소유자이다. 의심한다는 것은 바르게 알고 제대로 행하기 위한 실증주의적 완벽주의의 발로이고 이것을 잘 아는 예수는 마침내 그에게 큰 사명을 맡긴다.

처음에 그는 자기는 건강이 별로 안 좋고 말도 안 통하는 그 먼 데까지 가서 사역을 하기 어려울 것 같다고 완곡하게 거부 의사를 밝힌다.

그러나 그의 성품을 잘 아는 예수는 그가 아니면 감당해 낼 사람이 없다고 보고 그를 반강제적으로 인도로 사역을 보낸다. 노예의 신분으로….

그만이 어렵고 중요한 인도와 아시아지역 사역을 포기하지 않고 해낼 수 있으리라는 믿음이 있었기 때문이다.

가르칠 때는 좀 피곤하게 하고 짜증 날 때도 있었지만 그의 그러한 완벽주의를 추구하는 끈질긴 집념의 성격을 잘 알기에 최선을 다해 설명을 해주고 확인시켜 주고 가르치며 중요한 사역을 맡겼던 것이다.

그리고 마침내 부활하고 그 앞에 나타나 부활을 믿지 않는 그에게 창에 찔린 자국을 보여주며 상처를 만져 보라 하고 "나를 말미암지 않고는 아버지께 갈 자가 아무도 없느니라." 하니 그때까지 혼란스러워하던 도마는 바로 무릎을 꿇고 "당신은 나의 주님이시오, 하나님이시이다."라고 고백하고 주저 없이 미션을 위한 선교여행을 떠난다.

그리고 죽을 고비를 수없이 넘기면서 그는 끝까지 사도로서 사역의 길을 걷고 또 걸었고, 위기마다 고비마다 죽음 앞에선 그에게 그의 스승이 나타나 그를 독려하고 인도했던 것이다.

그는 사역하면서 위기를 만나면 기도로 간구(懇求)하고, 그럴 때마다 예수가 나타나 그를 위기에서 구해주고 사역을 멈추지 않게 하였는데 그 일례로 그가 노예 신분으로 인도땅에 도착해 길을 걷고 있을 때 사람들이 모여 물을 들어 공중에 뿌리며 의식(儀式)을 행하고 있었다.

그 중 한 사람이 도마에게 "이 물을 뿌려 무지개가 뜰 수 있게 할 수 있느냐."라고 묻고 만일 그렇게 하면 우리는 당신이 믿는 종교를 따를 것이라고 한다.

그리고 "만약 그렇게 하지 못하면 당신은 여기서 죽을 것이오."하고 조롱하듯이 말하며 그를 끌어당겼다. 이에 도마는 물러설 수 없는 위기 상황에 직면하면서 조용히 기도드린다.

"주여 무지개가 뜰 수 있도록 해 주십시오. 그렇지 않으면 제가 여기서 죽습니다."라고 기도를 마치고 손바닥으로 물을 가득 떠서 눈을 질끈 감고 하늘 위로 뿌렸다.

그랬더니 공중에서 물이 흩어지면서 햇살을 받은 물방울들이 반짝거리며 일곱 색깔 무지개로 선명하게 피었다.

서 있던 사람들이 깜짝 놀라 "당신은 하늘이 보낸 사람이 맞소! 당신이 말한 것들을 우리가 믿겠소." 하면서 그 광경을 함께 보고 있던 조로아스터교 제사장 앞으로 가서 그를 붙잡아 결박하고 목을 베어 죽여 버렸다.

그리고 자신들이 이제까지 저들에게 속아왔다고 하면서 그때까지 무지개를 못 보고 따라왔던 자신들의 잘못된 믿음과 맹종(盲從)을 책망하였다.

그가 험난한 인도와 아시아지역의 사역을 하면서 그러한 위기들이 많았는데 그때마다 늘 기도와 하늘의 도움으로 극복해 왔던 것이다.

그런 그의 믿음과 사명감 때문에 그 위험한 선교지에서 수없이 죽을 고비를 넘기면서 사역할 수 있었고, 마침내 제자로서 맡겨진 사명을 완수한다.

한번 믿으면 끝까지 믿는 그의 강직한 성품을 잘 아는 예수가 가장 중요한 사역지인 인도와 아시아선교를 맡겼으며 도마는 그런 그의 스승의 기대에 부응하여 마침내 동쪽 땅끝 한반도까지 와서 그의 사역과 지상명령의 사명을 완수하게 된다.

그리고 2차 선교여행으로 다시 인도로 돌아간 그는 박해를 피해 산속으로 들어가 동굴에 살면서 기도하던 중 마지막 날이 다가옴을 예감하고 그를 따르는 사람들에게 말한다.

"나의 마지막 날이 다가오고 있음을 기쁘게 생각하오, 내가 이 땅의 육신에서 이제 해방되어 자유를 얻어 영원한 나의 집으로 돌아갈 날이 얼마 남지 않은 것 같소." 하며 홀가분한 표정으로 "나는 그곳에서 여기서의 일들을 보상받을 것이며 기쁘게 우리 주님을 다시 만나게 될 것이오." 하며 그의 스승에 대한 믿음과 각별한 애정을 드러내고 있다.

사도바울이 예루살렘공의회에서 회의를 통해 이방인들에 대한 선교와 사역을 허락받고 유럽지역에서 주로 이방인들을 상대로 선교를 하고 예루살렘 서쪽 땅끝 스페인까지 가서 서쪽 땅끝 사명을 완수하였다면 도마는 동방 쪽 아시아지역에서 스승의 가르침에 따라 이스라엘의 잃어버린 양들을 찾아 주로 유대 마을과 회당을 찾아다니며 천국복음을 선포하며 아시아지역 선교에 혼신을 다하였다.

그리고 마침내 그의 변치 않는 믿음의 결실이 예루살렘의 동쪽 땅끝 한반도에서 맺혀지며, 땅끝 증인이 되라는 스승의 지상명령을 완수한다.

그는 제자로서 처음부터 잘한 건 아니지만 스승을 따라다니며 이적(異

蹟)을 보았고 의문점이 생기면 그때그때 질문을 하여 궁금증을 풀고 확신을 가졌다. 스승을 절대적으로 믿고 따르며, 그에게 준 사명을 위해 목숨도 마다하지 않았으며, 그는 평소 주변 사람들에게 이야기하는 중에도 자주 스승에 대한 각별한 애정과 믿음을 얘기하며 자랑스러워했다 한다.

그는 자신을 따르는 추종자들 앞에서 자기는 죽음을 기쁘게 생각하며, 그것은 자신이 돌아갈 집이 있고 거기서 스승인 예수를 반갑게 다시 만날 수 있기 때문이라고 말한다.

그의 죽음은 곧 스승인 예수에게 다시 돌아간다는 의미로, 그것을 기쁜 마음으로 기다리고 있다는 것을 얘기한 것이다.

예수도 그를 제자 이상으로 돌보며 최선을 다해 그의 질문과 의구심에 대해 설명을 해주고, 보여주면서 확신을 심어주기에 혼신을 다했다.

마지막에 그를 인도로 파송할 때 그를 노예로 팔면서 받은 은 닷 냥을 그의 손에 쥐어주며 애틋한 마음으로 그를 배송하였으며 그리고 두려워하는 그에게 꿈에 나타나 "도마여 두려워 말라, 내가 끝까지 너와 함께 하리니…."하고 불안한 마음을 달랬다.

여러 문헌에 종합해 볼 때 스승인 예수와 제자인 도마는 서너 살 정도의 나이 차이가 나지만, 그들은 스승과 제자 이상의 끈끈한 우정(友情)과 우애(友愛)를 갖고 있었음을 알게 된다.

제자로서의 도마는 절대적 믿음을 갖고 스승의 가르침에 따랐고 제자들 중 가장 멀고 험난한 길을 마다치 않고 떠나, 72세에 인도에서 순교한다.

땅끝 증인이 되라는 스승의 지상명령을 가슴에 품고 예루살렘의 동쪽 땅끝 한반도까지 찾아와 미션을 완수하고, 그 기념으로 당시 동서 간 육상실크로드와 해상실크로드의 동쪽 끝, 종점인 영주(榮州)에서 자신의 석상을 만들었다. 그리고 감사의 마음으로 기도했을 것이다.

"주여, 당신의 뜻을 이루었음에 감사드리며, 나는 이제 사도로서 제자로서 제게 주신 책무(責務)를 다하였음에 감격으로 기도드립니다."

험난한 여정을 감내(堪耐)하면서 사명을 이루고, 다시 인도로 돌아가 끝내는 순교(殉敎)로 사역을 마무리한 것은 스승과의 끈끈한 우정과 의리, 절대적 믿음이 없이는 불가능한 것이다.

그는 제자로서 늘 스승의 가르침에 충실하였고 자신을 절대 내세우지 않고 뒤로 물러나 스승을 앞세우고 높이는 겸손한 태도와 언행을 보였다.

그가 인도에서 일곱 교회를 세우며 사람들이 그를 따르고 경외하여 숭배하려 할 때에도, 그는 절대 일정 선을 넘는 것을 허락하지 않았고 자신은 단지 메시아의 뜻을 전달하는 메신저이며, 주의 종일 뿐이라고 철저하게 자신을 낮추며 사도로서의 길을 걸었다.

그는 제자로서 스승을 존경하고 따르며 가르침을 충실하게 행하였고 자신에게 부여(賦與)된 지상명령과 복음을 전하는데 제자로서 그 책임을 다하였고 사도로서 책무(責務)를 다한다.

물론 처음에는 제자로서 불손한 언행도 보였고 당돌하게 질문도 하고 예의 없는 행동도 하였으나 나중에는 가장 믿을 수 있는 제자가 되어, 험난하고 가장 먼 곳으로 사역을 떠났고 변치 않는 믿음으로 끝까지 스승과의 신의를 지키며, 사명을 위해 자신을 희생하면서, 그 역시 스승과 똑같은 상황에서 병사들의 창에 찔려 순교(殉敎)하면서 제자로서의 생(生)을 마친다.

제3장

사도로서의 도마

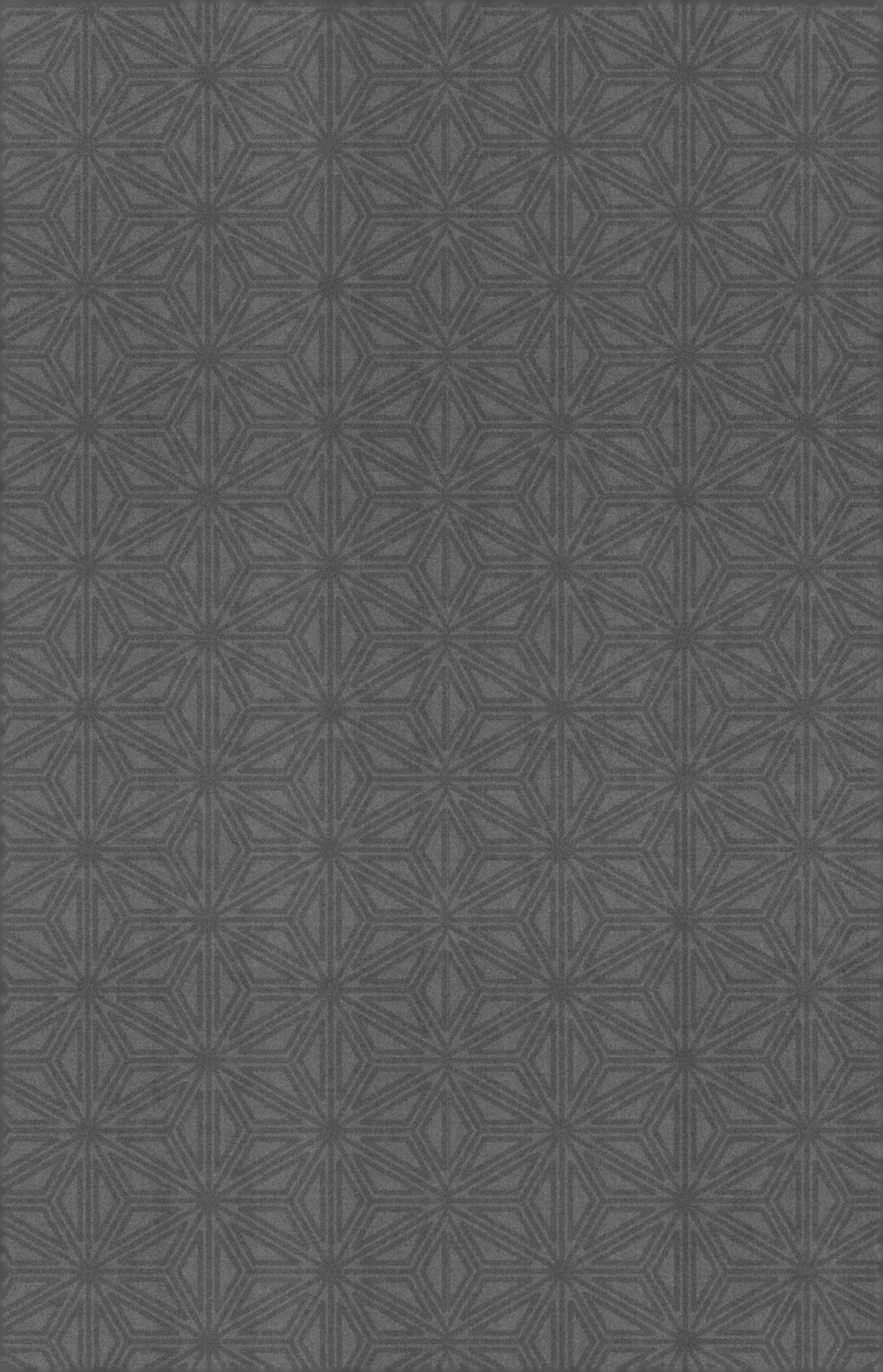

예수는 공생애(公生涯)를 통해 천국복음을 선포하고 유일신(唯一神) 창조주 하나님의 존재를 알리며 사람들에게 믿음을 강조하였다.

그때까지 사람들은 유일신(唯一神)의 개념을 잘 모르거나 자연신이나 다신(多神)을 믿으며 창조주(創造主)에 대한 개념이 모호한 상태였다.

그들에게 예수는 유일신(唯一神)의 존재를 알리고 하나님을 처음으로 아버지라 부르며 천국복음을 선포하고 하나님의 섭리와 인류타락에 대한 원인과 구원의 역사, 믿음과 기도의 생활들을 가르치고 있었다.

이전에는 듣지 못했던 이야기로, 그때까지 샤머니즘, 토테미즘, 힌두이즘, 로마시대의 다신(多神)들을 믿고 숭배하던 그들에게 살아 역사하고 계시는 하나님의 존재와 섭리, 그리고 믿음의 중요성과 천국복음 등의 새로운 종교관을 설파하면서 하나님을 처음으로 아버지라 부른 것이다.

그리고 타락한 인류가 구원받을 수 있는 길과, 절제(節制)와 믿음의 생활만이 하나님 앞으로 나갈 수 있으며 자신이 그 중보자로서 자신을 통해서만이 그 길을 갈 수 있다고 이야기하였다.

그러나 당시의 기득권층과 제사장들 그리고 구약을 믿는 유대의 맹신자들에게는 그들의 신앙관과 배치되는, 전혀 다른 파격적 내용의 설교와 행적을 보이며 군중들을 몰고 다니는 그를 십자가에 매달게 했고, 결국 십자가 위에서 죽음을 맞이하게 된다.

그러나 이미 그러한 상황들을 예측한 예수는 자신의 사역을 계승하고 복음과 섭리의 사역(事役)을 이어 나갈 제자들을 선택하여 가르치며 예비하였다.

공생애 동안 그들과 함께 생활하면서 교육하고 훈련을 시키면서 자신의 사후(死後)를 대비했다.

그가 제자를 맞이하는데 신분이나 배경이나 학벌 같은 스펙은 필요가 없었고 오직 심성(心性)으로 제자를 고르고 맞이하였으며 한 사람, 한 사람을 맞이할 때마다 그는 산에 올라 밤새 기도를 하였다.

그렇게 해서 맞이한 12명의 제자는 마태복음, 마가복음, 누가복음과 사도행전에 기록된 것처럼 베드로, 안드레, 야고보, 요한, 빌립, 마태, 야고보(알패오의 아들), 다대오, 시몬, 가룟유다, 바돌로매 그리고 도마이다.

이들은 사회적인 신분이나 학력 등이 미약한 사람들로, 오늘날로 말하면 스펙은 별로였으나, 예수는 오직 그들의 심성을 보고 제자로 맞이한 것이다.

그들은 초반에는 스승의 가르침을 잘 이해하지 못하고 전혀 다른 뜻으로 해석하기 일쑤였고, 예수는 이들을 다독거리며 이해할 때까지 되풀이하여 가르치면서 때로는 행동으로 눈에 보이는 이적(異蹟)도 보여준 것이다.

심지어는 스승이 사후세계에 대해 설명할 때에도 "스승이시여 우리가 어디로 가는 줄도 알지 못하는데 말씀하시는 그 길을 어찌 알겠나이까." 하며 그때까지의 가르친 내용을 잘 이해하지 못하고 강론에 대한 무지함과 심지어 설교에 대해 피곤함까지 드러낸 것이다.

나중에는 "주여! 하나님을 우리에게 보여주옵소서." 하면서 이제까지 이야기한 눈에 보이지 않는 영적(靈的) 부분에 대한 전반적 설명과 자신의 형상대로 사람을 지으시고 만물을 창조하신 하나님의 형상과 존재에 대한 그 모든 내용을 무시하고 단도직입적 질문도 서슴지 않았다.

그러나 예수는 그들의 순수함과 정직성을 알기에 전혀 내색지 않고 열 번이고 스무 번이고 설명하고 이해시키면서 주의를 기울였을 것이다.

이들이 권력이나 사회적 욕구와는 비교적 거리가 멀고 이해타산(利害打算)을 따지지 않고, 지식이 많은 사람들처럼 자신의 머리만 믿고 남의 말에 귀를 잘 기울이지 않는 거만한 사람들도 아니고, 어느 정도 교육을 시키면 충분히 자신을 대신하여 사역을 감당하고 어려운 일이 있더라도 견뎌낼 수 있는, 천국복음을 위한 미션을 수행하리라 확신하여 그들에게 정성을 다하고 헌신했던 것이다.

그래서 하루 일과를 마치면 피곤하고 지쳐있는 그들의 발을 물로 씻겨주면서 따듯한 말로 위로도 하고 격려도 해줬던 것이다.

그의 그러한 생각과 기대는 빗나가지 않았다. 예수의 승천(昇天) 후, 그들은 스승의 길을 따라 모두 고행과 험난한 길을 마다하지 않았고, 결국 순교(殉敎)의 길을 걷는다.

복음을 위해 각 지역으로 흩어져, 혹자는 멀리까지 가서 각자의 미션을 위해 사역을 하였으며, 사역을 하면서도 그들은 거의 정기적으로 예루살렘에 모여 그동안의 활동을 평가하고 선교하는 데 있어서의 어려움과 문제점들의 서로 의논하고 그 해결책과 더 좋은 선교 방법을 위해 의견을 나누었다.

그리고 서로를 격려하고 위로하면서 어떤 이견이나 문제점들이 있어도 서로 반목하지 않고 포용하고 협의를 통해 풀어 나갔던 것이다.

그리고 헤어질 때는 언제 또 만날지 모르니 서로의 건강을 염려해 주고 안위(安慰)와 무사한 사역을 위해 서로를 기도해 준 것이다.

후(後)에 그것은 예루살렘공의회로 명명되었고 나중에 합류한 바울도 공의회를 통해 토론을 거쳐 이방인(異邦人)들에 대한 선교활동을 허락받아 본격적인 이방인(異邦人)을 상대로 한 복음전파를 시작하게 된다.

자신의 생각이나 복음전파와 선교방식이 다르다고 대립하거나, 따로 종파를 세우고 각자의 길을 가는 나중의 교회와는 다르게 당시 초대교회는 서로를 포용하고 이해하고, 협의(協議)를 통해 합의점을 찾아가면서 오직 복음과 사역을 위해, 땅끝 증인이 되기 위해 소임을 다했다.

그렇게 그들은 형제 이상의 끈끈한 유대감(紐帶感)과 사명감으로 예수 사후에 사도의 길을 걸었으며 대부분 순교(殉敎)로 자신들의 사역과 사명을 마친다.

그러한 그들의 순수성과 열정, 마음의 중심을 보고 예수는 그들을 제자로 선택했으며 그들을 가르치고 교육하는 데 혼신을 다했다. 그리고 마침내 그들에게 사도(師徒)의 자격을 부여한다.

사도라는 직분은 어떤 사람이나 단체를 대리하여 행위를 하는 사람으로, 국가적으로는 대사(大使)의 자격이고, 단체로는 대행자(代行者)라는 뜻이다.

예수를 대신해 각자 사역지에서 사역을 하고 복음을 전하고 모든 행위를 할 수 있는 권한(權限)을 갖는 것으로, 예수는 제자들에게 천국복음의 선포와 땅끝 증인이 되기 위한 미션과 선교활동을 위해 몇 가지 주문을 하게 되는데 우선은 일단 이스라엘의 잃어버린 양들을 먼저 찾아가라 하고, 그 다음으로 만나는 사람마다 복음을 전하며 천국복음을 선포하고, 천국이 가까이 왔음을 알리라 하고, 마지막으로 자신이 한 것처럼 병든 자의 병을 고치고 귀신을 쫓는 권능(權能)을 부여하고, 그들의 영육을 구원하라 한다.

그리고 자신을 대신한 미션으로 인류구원을 위한 지상명령의 사명을 주었는데 그것은 만천하에 복음을 전하고, 모든 족속(族屬)들을 제자 삼고 땅끝까지 이르러 내 증인(證人)이 되라는 것이다.

그것을 위해 자신을 대신한 대리인으로 제자들에게 사도의 직분을 주었으며, 그들은 제자로 있을 때부터 스승과 한솥밥을 먹으며 사도의 직무와 행동에 대한 교육과 훈련을 받았던 것이다.

다만 가룟유다의 배신으로 결석(缺席)된 한 명의 사도를 다시 뽑았는데 맛디아였다. 맛디아도 다른 사도들과 함께 지내며 사도로서 행동과 교육을 받아 복음전파와 사역에 헌신하게 된다.

다만 바울은 나중에 사도가 된 사람으로 예수로부터 직접 교육은 받지는 못했지만 그 나름대로 사명감에 충만하여 복음을 전하는 데 혼신을 다한다.

사도바울은 자신의 사도 직분에 대해 "사람들에게서 난 것도 아니요 사람들로 인해 말미된 것도 아니고 오직 예수그리스도와 죽은 자 가운데서 그를 살리신 하나님 아버지로 말미암아 사도가 되었으니…."라고 말하였다.

그리고 덧붙여 세력화된 종교 지도자들이나 어떤 조직에서 임명된 것이 아니고 하나님으로부터 직접 임명된 사도임을 강조하며, "나의 달려갈 길과 주님으로부터 받은 사명, 즉 하나님의 은혜로 말미암은 복음을 증거(證據)하는 일에 나의 생명을 조금도 귀한 것으로 생각지 아니하노라."라고 하며 사도로서 자신의 생명을 아끼지 않고 직분에 최선 다할 것을 맹세하였다.

그러면서 그는 주변에서 다른 사람들이 자신의 사도 직분에 대해 문제를 제기했을 때 전혀 개의치 않으면서 자신은 사도로서 책무를 다할 뿐이고, 구원을 위한 사명에 모든 것을 바칠 것이라고 이야기한다.

사도바울 외에 다른 제자들은 스승인 예수로부터 직접 피택되어 훈련을 받았으므로 사도로서의 역할이나 책무, 그리고 복음을 위한 선교의 내용들을 잘 알고 있었기 때문에 메신저로서의 역할과 책임을 충실하게 수행할 수 있었던 것이다.

그들의 사도로서 자격과 직무에 대해 굳이 얘기한다면, 어떤 이해타산(利害打算)적 목적이나 권력이나 물질적인 것을 추구하는 사회적인 기관이나 단체로서의 활동이 아니고 이들은 오직 하늘의 권능(權能)으로 스승인 예수의 가르침을 행하고 복음을 전파하기 위해 믿음으로 뭉친 이들로, 맡은 사명과 사역을 위해 자신들의 목숨까지 바친, 일반적인 개념과는 성격이 다른 하늘의 사도(師徒)들이었다.

"그리고 그들을 선택하고 맞이할 때 예수는 밤새 기도드리고 선택하였다."(눅 6:12)

자신을 대신하여 천국복음을 선포할 제자들을 선택하는 데 신중할 수밖에 없었을 것이며 그것은 흔히 우리가 말하는 그 어떤 조직이나 단체와는 개념이나 성격이 완전히 다른, 아주 특별한 선택이었기 때문이다.

세상에서 평가하는 그 사람의 학력이나 능력, 사회적 배경보다는 하늘의 뜻에 부합(附合)하고 헌신하며 자신의 뜻을 잘 알고 계승(繼承)할 수 있는, 그 무엇보다도 순수하고 신실한 마음의 중심을 보고 선택했을 것이다.

철야기도를 하면서 제자들을 맞이한 것은 하나님의 섭리와 구원의 역사가 이루어지기 위해 그 사역을 감당해 낼 수 있는 사람들로서, 하늘의 역사(役事)하심을 위해 기도드렸을 것이고, 그리고 그들을 맞이하면서 훈련과 가르침을 통해 사도로서 역량을 갖추게 하여, 자신의 사명을 계승해 하늘의 뜻을 이루기 위한 간구(懇求)의 기도였을 것이다.

복음서에 나타난 훈련과 사도로서 역량을 위한 교육과정을 살펴보면, 첫 번째, 신앙을 위한 공동체 생활이었다. 요즘은 각종 매스컴과 통신의 발달로 함께 있지 않아도 교육이나 공유가 가능하지만 그 당시는 그런 시대가 아니었고 직접 만나 얘기하거나 교육하지 않으면 방법이 없었으므로, 항상 함께 모여서 생활했으며 그러므로 서로 간의 더 공고해진 끈끈한 우애와 동료애를 나눌 수 있었고 특히 스승의 생각과 세세한 부분까지도 교감(交感)을 나눌 수 있었기 때문이다.

그래서 예수는 제자들과 합숙(合宿)하면서 교육을 하고, 함께 공동체 생활을 영위하며 직접 보여주고 이야기함으로 자신의 생각과 뜻을 공유(公有)토록 했다.

예로부터 전수(傳授) 교육을 받으려면 대부분 그의 스승의 집안으로 들어가 함께 생활하면서 스승으로부터의 기술이나 행위, 방법이나 철학 등을 전수 받는 게 일반적인 사례이다. 지금도 그렇지만….

도제(徒弟)교육의 기본으로 예수도 그 제자들과 늘 함께하면서 일거수

일투족을 공유했던 것이다. 그것은 가장 좋은 교육의 전수 방법이다.

함께 밥 먹고 함께 다니고 함께 생활하는 것 이상으로 서로를 알고 이해하고 교육하는데 더 좋은 방법은 없다.

두 번째, 하늘의 인류구원에 대한 역사와 섭리를 가르치며 나가서 만방에 알리고 천국복음을 선포하라는 선교사역에 대한 교육이다.

그는 제자들에게 "가서 모든 열방의 족속들을 제자 삼으라.", "너희는 온 천하를 다니며 만민에게 복음을 전하라."라고 하면서 복음전파를 위한 교육을 하였으며, 그것은 하나님의 섭리와 역사, 그리고 천국복음을 선포하고 말씀을 전하라는 것으로, 때와 장소를 가리지 않고 어떠한 고난이나 어려움이 있어도 해야 하는, 자신들의 본연의 임무요 사명으로서 선교나 사역하는 데 있어 중심적 전달 내용을 이야기한 것이다.

세 번째, 제자들에게 치유의 능력과 권능(權能)을 부여했다. 인간의 타락으로 말미암아 생긴 각종 질병과 정신적 육체적 병을 치유하고 영혼을 구원하는 권능으로, 소망과 믿음을 갖고 하늘을 바라볼 수 있게, 귀신을 쫓고 병을 치유할 수 있는 축귀(逐鬼)의 은사(恩賜)를 주었다.

그것은 사람들에게 빙의(憑依)하여 영육을 병들게 하는 귀신을 쫓아내고 고통에서 해방시켜 영과 육을 구원하는 능력을 부여함으로, 육신의 병만 치료해 고통에서 벗어나게 해주는 것으로 끝나는 것이 아니고 영적인 치유(治癒)를 통한 믿음과, 구원으로 이르게 하는 것이 궁극적인 목표였던 것이다.

병든 몸과 영혼을 치유함으로 그들로 다시금 거듭나게 하고 하나님을 믿게 함으로 새로운 삶을 살게 하는 것이 중요하므로 제자들에게 치유의 능력을 전수한 것이다.

"나의 이름을 경외하는 너희에게 의로운 해가 떠올라 치료하는 광선(光線)을 발하리라."(말 4:2)

"믿음의 기도는 병든 자를 일으켜 주리니 주께서 저들을 일으켜 주시로다."(약 5:15)라는 구절에서 알 수 있듯이 제자들을 훈련시키고 앞으로의 자신을 대신한 사역과 구원을 위해 병 고침의 권능을 부여한 것이다.

이렇게 시시각각으로 다가오는 자신의 지상에서의 마지막을 대비하여 시간을 쪼개가며 제자들을 교육하고 훈련하는 데 혼신을 다하였다.

그러한 스승의 열정과 가르침에 감화되고 감동 받은 제자들은 스승이 십자가에 못 박히고 승천(昇天)하면서 그 뜻을 이어받아, 사명감으로 죽음을 불사하며 열방에 나가 선교하면서 어떠한 박해나 고통에도 굴하지 않고 끝까지 천국복음과 말씀을 전파하였고 순교(殉敎)로서 사도로서 삶을 마무리하였다.

그만큼 사도로서의 직분과 책무(責務)를 다했던 것이다. 하다가 싫으면 그만두는 것이 아니고 눈이 오나 비가 오나, 어떠한 어려움이 있어도 끝까지 가야 하는 사도의 길, 순교자의 길을 묵묵히 걸어간 것이다.

그들은 함께 생활하면서 스승에 대한 믿음과, 신령한 일들을 체험하고 경험도 하면서도 처음에는 의심도 하고 배신도 하고 부정도 하였으나, 결국은 다시 돌아와 사도로서의 책무와 소임을 다했으며 도마도 그중 한 사람으로, 사도로서 직분에 대한 책무(責務)를 다했고 바울과 함께 가장 멀고 험난한 곳에 파송(派送)되어 사역하다가 인도에서 마즈다이왕에게 처형당해 순교로 사도로의 생(生)을 마무리한다.

사도의 마지막은 순교였다. 그만큼 그들은 죽음을 두려워하지 않고 오직 복음전파와 인류구원의 사명감에 충만(充滿)하여, 자신을 희생하면서 사도의 길을 걸었던 것이다.

특히 도마는 사도로서는 가장 먼, 험지로 파송되어 예수를 대신하여 복음을 전하였고 죽을 고비를 몇 번씩 넘기면서 그럴 때마다 간절한 기도를 하였고, 이적(異蹟)을 보이면서 위기를 넘기곤 하였다.

그의 사도로서의 행적들이 도마행전에 잘 나타나 있는데, 사도로 임명받고 1차, 2차 인도에서의 선교여행과 사역의 내용들이 모두 나와 있으며, 인도와 아시아에서의 그의 사도로서의 행적들이 세세하게 나와 있다.

그는 스승이 얘기한 '차라리 이스라엘의 잃어버린 양들을 찾아가라'는 가르침에 충실하여, 앗수르제국에 멸망한 뒤 각지로 흩어진 이스라엘의 10지파, 잃어버린 양들을 찾아 가는 곳마다 유대 마을과 유대 회당을 찾았다.

그리고 그들에게 복음을 전하고 이 땅에 우리가 고대하던 메시아가 왔고 그는 이곳에서 서쪽의 땅으로 왔으며 하나님의 아들로, 우리를 구원하기 위해 오셨다고 예수를 증거하는 데 혼신을 다했다. 그가 다닌 사역지에서 유대 사람들 중 그를 환대하고 개종(改宗)한 이들이 많았다.

사도 도마는 가는 곳마다 교회를 세우고 예배를 보았으며 사람들이 많이 모이고 어느 정도 교회가 기틀이 서면 또 다른 선교지를 찾아 거기서 또 복음을 전하고 부흥회를 열어, 사람들을 모아 예배드리고 하면서 많은 교회를 세웠다.

그렇게 말도 잘 안 통하고 생명을 위협받는 험지(險地)에서도 사도로서 책무에 최선 다하면서 사명을 위한 사역을 게을리 하지 않았으며, 동쪽 땅끝 한반도까지 와서 땅끝 증인으로서의 사명을 다하고 다시 예루살렘으로 돌아가 예루살렘 공의회에 참석 후, 2차 선교여행으로 다시 인도로 떠나 타밀나두주 첸나이에서 마지막을 맞이한다.

그는 스승과 똑같은 마지막 상황에서 병사들의 창에 찔려 사경을 헤매다 사흘째 되는 날 순교(殉敎)한다.

순교하고 나서 그를 따르는 믿음의 형제들 앞에 나타나 복음을 위해 사명을 다해달라는 것과, 예수를 믿고 기도해 줄 것을 당부한다.

그처럼 그는 복음을 위해 사도로서 책무를 다하였고 스승과의 약속을 지키기 위해 목숨을 바쳐 사제(師弟)의 의리를 지켰으며, 스승과 똑같이 창에 찔려 순교(殉敎)하면서 그 뒤에 사람들 앞에 다시 나타난 것이다.

그는 늘 자신이 예수의 제자이면서 사도로의 직분을 분에 넘치는 영광으로 생각하였고, 한시도 자만하거나 직분을 게을리하지 않았으며, 늘 기도하면서 병든 사람들을 찾아 치유하고 귀신을 쫓아 저들을 육적으로뿐만 아니라 영적으로도 구원하며 믿음을 갖게 하였고 길에서 소금과 물로 연명해 가면서도 불쌍한 사람들을 위해 자신이 갖고 있는 모든 것을 주면서 사랑을 베풀었다.

그 일례로 그가 인도에 처음 가서 목수로, 숙련된 석공으로서 군다포로스 왕으로부터 왕궁을 지어줄 것을 요청받고, 왕에게 그가 지어줄 왕궁에 대해 설명해 주면서 왕으로부터 받은 공사비를 전부 길거리에서 헐벗고 굶주린 사람들에게 음식과 먹을 것을 나누어 주었으며, 그들에게 옷도 사주고 거처할 곳도 마련해 주었고, 그러면서 자신은 소금으로 연명하면서 길거리에서 노숙(露宿)을 했다.

그런 일로 그 이후, 그는 왕에게 사기꾼으로 낙인찍히고 붙잡혀 들어와 죽을 날만 기다리고 있었는데 그때 왕의 동생이 갑자기 죽게 되었고, 그가 하늘에 올라가 천사들의 안내로 도마가 지어놓은 왕궁을 보고 감탄하여 그 궁전의 아름다움에 취해 있다가 천사들의 안내로 다시 땅으로 돌아왔다.

그길로 자기 형인 왕한테 뛰어가서 자신이 보고 온 하늘의 왕궁에 대해 자세히 설명해 주고 도마를 죽이지 말 것을 요청하여, 도마가 구사일생(九死一生)으로 살아났다는 이야기가 있다.

그런 일화에서 보듯 도마는 사도로서 자신보다 남을 위해, 불쌍한 사람들을 돕고 헌신하면서 천국복음을 전하였으며, 늘 스승인 예수를 앞세워 말씀을 전하였고 모인 사람들 앞에서 나는 그분을 믿고 그분의 말씀을 전할 뿐이라고 자신을 낮추고 사도로서 겸손하게 직무에만 충실하였다.

그런 그의 자세는 확실하게 자신의 신분에 대해 선을 그으며, 사도 이상의 과분한 대접과 우상화(偶像化)하려는 사람들에게 경계(警戒)를 하고 자신의 신분을 각인시키며 주의를 주었다.

그러한 그의 행적은 제자로서 사도로서, 자신을 보낸 이를 절대 욕되

제3장 사도로서의 도마

게 하거나 누를 끼치는 행동을 하지 않았고, 직분과 책무를 다하는 데 게을리하지 않았으며, 늘 기도로 간구(懇求)하면서 사도로서 그 직분에 맞는 행동과 처신을 했던 것이다.

그렇게 도마는 훌륭하게 사도로서의 모범된 행동을 하면서 복음을 전하는 데 최선을 다하였고, 스승과의 약속을 지키고 부여받은 사명을 완수(完遂)한다.

그는 어디 가서든지 사도로서 그 이상의 분에 넘치는 환대나 움직임에 단호히 선을 그었으며, 가장 모범되고 성실하게 책무를 수행하고 마침내 사도로서 가야 할 마지막 길을 담담하게 걸어갔다.

그가 만일, 사도로의 직분에 자만하고 그를 따르는 무리들의 환대(歡待)에 현혹되어 다른 길을 갔다면, 나중에 배신자로 낙인찍히고 가룟유다처럼 비하(卑下)되어 역사에서 사라졌을 것이다.

그는 스승과 꼭 같은 길을 걸었으며, 갖은 핍박과 박해(迫害) 속에 끝내는 붙잡혀 창에 찔려 순교할 때도, 담담하게 마즈다이왕에게 "나는 당신에게 죽임을 당하기 위해 이곳에 왔다."라고 말하며 죽음을 면하기 위해 구차하게 구걸하지도 애원하지도 않았다.

오히려 당당하게, 그것을 바라는 것처럼 당연한 자세로 말한다.

사도도마는 우리에게는 바울보다는 좀 생소하게 들릴지 모르나 그의 행적은, 나중에 발견된 도마행전에도 세세히 나와 있지만, 어쩌면 제자들 중에 가장 모범적이고 충실하게 사도의 길을 걸었고 책임을 다한 사람이었을 것이다.

그는 사도로서 인도와 아시아선교에의 어려움과 동쪽 땅끝까지의 멀고 험난한 여정을 마다하지 않았고, 스승과의 약속을 지키고 복음을 위한 사역을 감당하는데 자신을 희생한다.

그러므로 우리는 이제까지의 사도 도마의 이미지에 대해 그의 행적을 돌아보고 다시 평가할 필요가 있으며, 그의 과단성 있고 사명감으로 충만한 행동은 이제까지 알려진 그에 대한 잘못된 선입견과 이미지로부터, 다시 새롭게 조명할 필요가 있다.

그처럼 사도로서 험난한 길을 걸으며 철저하게 자신을 내려놓고 오직 스승과의 약속과 복음을 위해 오로지 한 길만을 걸으며 헌신한 제자는 많지가 않았다. 의심쟁이 기회주의자 도마가 아니라 실증주의자, 실천적 완벽주의자 도마로서 그의 행적과 믿음의 노정을 다시 한번 생각해 볼 필요가 있다.

제자들 중에 가장 완벽하게 사도의 직분을 수행한 사람이 바로 도마이다.

얼마 전 체코에 여행 갔을 때, 프라하 구시가지 광장에 있는 천문시계

를 가보았는데, 시간마다 사람들이 광장에 많이 모여 기다리고 있었고

　매시간 정각에 12사도가 시계 밖으로 나와서 돌면서 사람들에게 인사하고 들어간다. 물론 인형이지만….

　그러나 사도들의 얼굴과 모습은 하나같이 수척하였고 세상 모든 짐을 짊어지고 가는 것처럼 고뇌에 찌든 얼굴이었다. 그만큼 그들은 어렵고 험난한 길을 걸었고 복음전파의 미션과 인류구원의 사명 앞에 자신들을 희생한 것이다.

　사도로서 책무를 다하고 헌신한 그들의 모습을 보면서, 사람들은 박수를 치며 환호했지만 그러나 사도 도마에 대한 글을 쓰고 있는 입장에서 그들을 바라보는 필자의 마음은 환호보다는 무언가 가슴이 먹먹해지고 찡해오는 느낌이었다.

제4장

제1차 선교여행

지금으로부터 삼천 년 전 솔로몬 왕 시대 이스라엘은 전성기를 맞이하면서 세계를 향해 활발한 움직임을 보이고 있었다.

우선 상선(商船)을 통한 바닷길 무역을 대규모로 시작했으며 500척 이상의 상선군단이 아프리카 지역 특히 이디오피아와 교역을 활발히 하였고 인도를 거쳐 아시아지역 말레이시아 말라카해협일 거쳐 한반도와 일본 그리고 호주까지 바닷길을 열면서 동서 간 교역을 활성화하였다.

당시 계절풍과 몬순바람과 해풍을 이용해 바닷길을 열어가는 나름대로의 루트를 개척하고 활용한 것이다.

그리고 육지로는 중동의 사막을 가로지르는 약대를 이용한 아랍권과 인도, 중국까지의 실크로드의 길을 따라 활발하게 교역을 하였으며, 북쪽으로는 흑해를 시작으로 북위 50도 선상의 우랄과 알타이산맥을 넘어 중앙아시아, 카스피해, 시베리아 남쪽 카자크를 지나 몽골과 만주에서 한반도까지 이르는 초원(草原)의 길 실크로드를 개척하여 그 길을 통해 동서 간 교역을 하였다.

그렇게 그 당시에도 세 군데 주요 루트를 통해 활발한 교역이 있었고 인간은 고립되어 살 수 없다는 호모사피엔스적 본능과 사회성 때문에 인류가 태동한 이래 끊임없이 서로 간의 교류를 시도하였고 길을 개척하였다.

그것은 꼭 경제적 물질적 이유 때문만이 아니라 고립적인 생활을 탈피하고 서로 간의 정보와 문화적 교류를 통해 사회적 발전을 이루기 위해서이기도 했고, 보다 나은 생활과 삶을 위한 진취적인 방법으로 끊임없이 미지의 세계를 탐험하고 개척하려는 인간의 본능이기도 하다.

당시 동서 간의 교류의 주요 루트는 언급한 대로 사막의 길과 초원길 그리고 바닷길을 통한 실크로드가 있었는데 그 루트를 통해 서로 필요한 상품들을 구입하거나 교환하기도 하였고, 경제적 물질적 욕망에 의해 더 멀리까지 진출하기도 하였고 또 그 길을 따라 종교적 교류가 이루어지기도 했다.

불교가 그 길을 따라 승려들이 인도에서 중국과 아시아 쪽으로 진출하면서 석가모니의 설법(說法)을 전파하였고, 이슬람이 나중에 그 길을 따라 중동과 아시아까지 코란을 전파하였다. 그리고 기독교도 그 길을 따라 사도들이 오가며 복음을 전파했던 것이다.

도마도 그 길을 따라 북인도지역으로 1차 선교여행을 떠난다.

당시 이스라엘을 중심으로 한 중동지역의 상황은 그동안 지역의 중심 국가로서 패권을 잡았던 이집트, 앗수르, 바벨론, 페르시아 등은 전쟁의 패망이나 내부적 문제로 스스로 자멸해 역사의 뒤안길로 사라지고 로마제국과 빠르띠아제국이 그 지역을 대신 차지하여 양대 축으로 세력을 형성하면서 남유럽, 중동지역과 인도 북부에 이르는 광대한 지역을 양분하였고 그들이 지역의 맹주로 자리매김하고 있었다.

그 중간에 위치하여 완충 역할을 하던 튀르키에 산르우르파 에뎃사는 AD30년부터 앗다이의 선교와 그 후 도마의 사역으로 기독교가 크게 일어났다.

에뎃사를 기점으로 서쪽으로 로마제국이 중동과 유럽의 일부 지역을 관할하였고 동쪽으로 빠르띠아제국이 지금의 이란, 파키스탄, 아프간과 북인도에 이르는 광대한 지역을 통할하면서 동북 지역의 중심이 되었다.

그래서 당시 빠르띠아제국과 인도는 인구가 가장 많은 중심 지역으로, 매우 중요한 사역지였기 때문에 스승인 예수는 도마에게 그 지역의 사역을 위해 특별한 교육을 하였을 것이고, 사역을 위한 맞춤형 과외까지도 했을 것이다. 그러나 처음에 도마는 인도에서의 사역을 완곡하게 거부하였다 한다.

몸도 약하고 언어도 안 통하는 그곳에 가서 사역을 한다는 게 도저히 내키지 않았던 것이다. 그러나 예수는 단호하였다. 자꾸 손사래 치는 도마를 반강제적으로 파송하기에 이른다.

처음에 도마는 자기로서는 약한 몸으로 그 먼 데까지 가서 사역한다는 것이 맞지 않는 것 같다고 스승에게 양해를 구하며, 다른 사역지로 보내 줄 것을 요청하였다 한다. 건강이 좋지 않아 좀 가까운 곳이나 언어가 통하는 곳으로 보내 달라고 한 것 같다.

그렇게 불안해하던 도마에게 꿈속에 예수가 나타나 "도마여 두려워 말라, 인도에 건너가 말씀을 전하라, 내가 항상 너와 함께할 것이니…." 하고 두려움을 불식시키고 자신감을 불어 넣었다.

그리고 예수는 그다음 날 도마를 데리고 예루살렘 장터에 가서 함께 장터를 구경하며 거닐다가 인도에서 시장으로 노예를 사려고 온 상인 한 명을 만난다.

그 상인은 압바네스라는 인도의 군다포로스 왕이 보낸 사람으로 예수는 그에게 다가가 무엇을 찾으러 왔냐고 물어보니 그가 목수 일을 할 줄 아는 노예를 구하러 왔다고 하여 예수는 멀찍이 떨어져 서 있는 도마를 가리키며 "저기 서 있는 사람을 노예로 팔겠소." 하니 압바네스는 좋다고 하고 그 자리에서 은 닷 냥을 대가로 주고 증표를 달라고 하자 예수는 바로 확인서를 써 주었다.

"나 나사렛 예수는 인도의 왕 군다포로스의 신하 압바네스에게 유다 도마로 불리우는 나의 노예를 은 닷 냥을 받고 팔았음."

증서를 받고 나서 압바네스는 바로 도마에게 다가가 저 사람이 당신의 주인이냐고 물으니 도마가 고개를 끄덕이며, "그렇소"하고 대답하자 "저 사람이 나에게 당신을 은 닷 냥에 팔았소." 하는 말에 도마는 처음에는 조금 당황스러워하다가 고개를 끄덕이고 묵묵히 그를 따라나섰다.

그렇게 예수는 도마에게 어려운 인도와 아시아 사역을 맡겼으며, 그와 함께 도마의 인도로의 1차 선교여행이 시작되었다.

당시 도마가 예루살렘에서 멀리에 있는 인도까지 어떻게 갈 수 있었을까 궁금해하는 사람들도 많은데, 로마의 아우구투스황제(BC63-AD14)시대 로마제국의 국력이 강성해지면서 유럽과 아시아지역으로 진출하려는 야망과 활발한 움직임이 있었고 특히 교역을 적극적으로 추진하면서 인도에서 부터는 보석, 진주, 향료, 향수, 공작새 등을 연간 수백억에 달하는 물량을 수입하였다.

당시 로마 상인들은 120여 척에 달하는 상선으로 선단을 만들어 정기적으로 인도에 도착하여 물품들을 배에 실었는데 로마에서 인도까지 오가는 운송편은 사막의 실크로드를 이용하여 메소포타미아, 페르시아, 아프카니스탄을 거쳐 인도의 서북지역과 인더스강을 따라 그 주변 지역인 간다하르 왕국의 주요 도시인 프로샤프라까지 육로와 해상을 이용한 통로였다.

또 다른 루트는 해상을 통하는 길이었다. 그것은 지중해와 아라비아 해안을 따라 산드루크나 지금의 카라치인 안드라폴리스로 가는 해상길이었고, 또 하나는 세텔아랍의 보스라에서 출발하여 페르시아만을 통과하여 안드라폴리스에 이르는 바닷길이었다. 도마도 그 길 중 하나를 선택하여 인도에 첫 선교여행을 떠났음을 추정할 수 있다.

도마가 맡은 사명은 예루살렘의 동방, 동쪽 지역 선교였다. 그 시작은 지금의 튀르키에로 당시 오스로헨 왕국의 수도였던 에뎃사에서 출발한다.

예수가 십자가를 지기 위해 예루살렘으로 올라갈 때 예수의 병 고침 소문을 듣고 지병인 통풍으로 고생하던 에뎃사의 아브갈5세 왕이 예수를 자기 나라로 초청하였으나 예수는 예루살렘에서의 마지막 회전(會戰)을 대비하여 준비 중 이어서 자기 대신 도마를 보내려 하였다.

그러나 도마도 예수의 중요한 시간을 끝까지 함께하기 위해 다대오를 자신을 대신하여 보내 기도와 치유의 은사(恩賜)를 통해 병이 낫도록 하였다.

  병이 나은 왕이 감복하여 예배를 드릴 성전을 건립하면서 기독교를 용인(容認)하였으며, 그들은 도마를 에뎃사 교회의 초대 주교로 추대하였으나, 그때 이미 도마는 동쪽땅 선교를 위해 인도로 가는 중이었다. 에뎃사 교회를 기점으로 동쪽 선교를 본격 시작한 것이다.

  인도의 상인 압바네스에게 노예의 신분으로 인도로 건너간 도마는 본격적으로 인도에서의 사역을 시작하였는데 이를 가리켜 기독교 문헌에서는 인도의 부르심(Indian calling)이라 부른다.

  사도바울의 유럽 선교의 시작을 마케도니아의 부르심(Macedonian call)이라 일컫는 것과 같은 맥락의 말이다.

  도마가 인도로 떠날 때 돈이 하나도 없었는데 예수가 그를 노예로 팔 때 받은 은화 닷 냥을 손에 쥐어주며 "네가 어디 가든 내가 함께할 것이니 걱정하지 말고, 이 돈으로 필요할 때 쓰라." 하였다.

  도마가 압바네스를 따라 배에 승선했을 때 압바네스가 그에게 어떤 기술을 갖고 있느냐고 물으니 도마는 "나는 목수로서 나무를 가지고 필요한 것들을 다 만들 수 있지요. 집을 짓기 위한 자재와 도구를 만들고, 농사 일을 할 때 쓰는 삽과 쟁기 등의 도구와 나무로 배를 만들고 집을 짓고 문도 만들 수 있으며 돌을 가지고는 석판과 기둥을 만들어 왕궁도 짓고 조각도하고 필요한 물건들을 만들 수 있습니다."라고 하였다.

압바네스는 그 말에 크게 만족하였으며 도마를 귀한 사람으로 생각하게 되었으며, 그러는 중에 배는 드디어 목적지인 안드라폴리스에 도착하였다.

그곳은 지금의 카라치나 신드주에 속한 항구였을 것이다. 인도땅에 첫발을 딛는 순간 거리와 주변이 온통 축제 분위기로 시끄러웠다.

그것은 탁실라 군다포로스 왕의 외동 공주가 혼례식을 치르는 날이었기 때문이었다.

왕은 이날을 위해 모든 백성이 축제에 참석하라고 공문을 내려보내고 누구나 이 경사스런 행사에 참석하도록 독려하였다.

이런 분위기 속에서 이방인인 도마는 길에 서 있다가 압바네스를 따라 축제를 벌이는 연회장(宴會場)으로 들어가 한쪽 구석에 앉아 있었는데, 연회장 안에서 음식을 나르던 시중(侍中) 한 사람이 도마를 보고 노예의 신분임을 알고, 왜 일은 안 하고 그렇게 앉아 놀기만 하고 있냐고 힐난하면서 도마의 뺨을 후려치며 죽이려고 달려들었다.

그러자 도마는 그를 쳐다보면서 "당신의 후손들이야 상관없겠지만 당신이 지금 나를 때린 그 손은 조금 있다가 개에게 물려가는 꼴을 보게 될 것이오." 하였다.

잠시 후 그 시중은 밖으로 물을 길으러 나가다가 우물 앞에서 사자를 만났는데 사자가 그에게 달려들어 목을 물어 죽여 버렸다.

그 순간 주변에 배회하며 먹잇감을 찾던 개들이 일제히 그에게 달려들어 사지를 물어뜯었고 그중 검둥개 한 마리가 그의 오른팔을 물어뜯어 그 팔을 물고 연회장(宴會場) 안으로 들어왔다.

이에 모인 사람들이 그 광경을 보고 놀라, 도마에게 "당신은 하늘나라에서 오신 분입니까?"하고 경탄하여 물었다. 이때 한 여인이 그 앞으로 다가가 "이분은 하늘이 보내신 분입니다. 하늘의 사도이십니다!" 하고 사람들에게 소리쳐 말하였다. 이 말이 왕의 귀에까지 들어가 왕은 도마를 초청하였으며, 그에게 "오늘 결혼한 내 딸을 위해 기도로 축복해 주시오."라고 간청하였다.

이에 도마가 하늘을 향해 "나의 주 하나님이시여 우리를 인도하시고 고통받는 이들을 구해주옵시고 가난한 자들을 도와주시고 병으로 고통받는 이들을 치유하여 주옵소서." 하며 "모든 만물의 창조주이시고 죄에 빠진 우리들을 구원해 주시는 구세주시여 우리의 사정을 아시오니 우리를 죄에서 건져주시고 우리가 이루시려는 그 뜻을 알거니와 그 뜻을 보여주시고 저들을 축복해 주옵소서, 나의 주님이시여!" 하고 기도하였다.

그때 예수가 나타나 도마의 얼굴로 신랑 신부에게 다가가 "나는 도마가 아니고 그의 형제이니라" 하고, "그대들의 영혼이 하나님 앞으로 거룩하게 믿음을 갖고 나간다면 그대들은 근심 없이 행복한 삶을 살 것이요, 훌륭한 자녀들을 낳을 것이니라."라고 축복해 주었다.

그 사건 이후, 도마가 가는 곳마다 하늘과 성령의 권능으로 행하고 복음을 전한다는 소문이 퍼져, 사람들이 그에게 구름처럼 모여들어 그의 옷을 붙잡고 가는 길을 막아 애원하거나 아예 그를 따라나서 사역에 동참하였다.

압바네스는 도마를 데리고 군다포로스 왕 앞으로 나갔다. 그리고 그의 재능과 목수로의 재능을 설명해 주고 그가 왕을 위해 훌륭한 궁전을 지을 수 있다고 자신있게 이야기하였다.

왕은 흡족하게 생각하면서 너그러운 얼굴로 도마를 내려다보며 자신을 위한 최고의 왕궁을 지어줄 수 있겠냐고 하면서 몇 가지를 물어보았다. 그러고는 왕은 도마를 데리고 왕궁을 지을 현장으로 데려가 어디에 지을 건지, 기초석은 어떻게 놓을 것인지 언제부터 시작할 것인지 등 자세히 물어보았다.

이에 도마는 왕에게 이제까지의 자신의 목수 경험을 바탕으로 왕궁의 그림에 대해 자세히 설명해 주고 왕궁의 모양과 방향 그리고 전체적인 마스터플랜을 설명해 주었다.

애기를 다 듣고 왕은 크게 기뻐하면서 도마에게 공사비를 후히 주었다.

도마도 궁이 들어설 터가 숲이 우거지고 호수도 있어 좋은 궁터라고 얘기하면서 왕을 기쁘게 해주었다. 왕은 기분이 좋아져, 돈은 얼마든지 줄 터이니 왕궁을 잘 지어달라고 부탁하면서 언제 시작할 건지 물으니 도마가 가을에 시작하여 봄에 마치겠노라고 대답했다.

이에 왕이 의아하게 생각하면서 보통 봄에 시작해서 가을에 마치는데 그대는 어찌 추운 겨울에 공사를 하려 하는가 하고, 어떻게 지을지를 물어보니 도마는 큰 종이 한 장으로 전체적인 그림과 간단하게 도면을 그려 왕에게 보여주며 설명을 하였다.

왕은 도마의 설명에 "자네는 정말 재능있는 목수일세, 잘 지어주길 부탁하네." 하면서 자리를 떴다.

그길로 도마는 밖으로 나가 거리에서 구걸하는 거지들과 어려운 사람들을 찾아다니며 먹을 것과 음식을 대접하고 얼마씩 여비도 주었다.

그리고 집도 없이 거리에서 먹고 자는 노숙자나 거지들을 위해 작은 집까지 지어주고 그들이 거기서 숙식을 하도록 돌보았다. 시간이 얼마 지나 왕이 궁금하여 신하들을 시켜 어떻게 짓고 있는지 보고 오라고 했다.

신하들은 가서 보니 그대로이고 공사는 아직 시작도 안 했으므로, 왕에게 가서 사실대로 이야기하고 다만 도마가 거리에서 거지들에게 음식을 나눠주고 자신은 소금으로 연명하면서 어려운 사람들에게 베풀고 있다는 사실도 왕에게 사실대로 보고하였다.

조금 지나 왕은 신하를 통해 도마에게 편지를 보냈다. "공사는 잘 진행되고 있는지, 힘든 일이나 부족한 것이 있으면 말해주면 바로 지원을 하겠네." 하니 도마는 "기초와 기둥을 세웠으니 지붕만 올리면 됩니다. 조금만 기다려 주십시오."라고 답하였다.

그리고 또 얼마 지나 왕이 신하를 보내 어떻게 하고 있는지 보고 오라 했는데 신하가 또 가서 보고 그대로 얘기하였다.

"그는 궁은 짓지 않고 사람들에게 먹을 것과 입을 것들을 나눠주고 병든 자들을 모아놓고 병을 고쳐주면서 구세주가 이 땅에 왔으니 그를 믿어야 한다고 얘기하고 천국이 가까이 왔다고 회개하라고 큰소리로 외치면서 자신은 구세주가 보낸 사도라고 사람들에게 말하고 다닙니다. 그리고 잘 먹지도 않고 옷도 남루하게 입고 다니며 가난한 사람들과 거지들에게 옷과 음식을 나눠주면서 구세주를 믿어야 천국에 갈 수 있다고 외치고 다닙니다."라고 말하였다. 이에 왕은 크게 노하여 당장 그를 당장 잡아들이라고 명했다.

그리고 그는 그와 함께 그를 데리고 온 압바네스도 잡아 오라고 했다.

왕 앞에 무릎 꿇은 도마를 향해 "너는 내 왕궁을 지었느냐." 하고 큰소리로 물으니, 도마는 "네, 지었습니다." 고 했다. 이에 왕이 그럼 언제 보여줄 것이냐고 물으니 도마가 "왕이시여 지금은 볼 수 없고 이 세상을 떠나야 볼 수 있습니다" 하고 대답했다.

이에 왕이 격노하여 "저놈들을 당장 가두고 가장 잔혹한 방법으로 처형하라."고 명한다. 그때 어깨가 축 처지고 힘이 쭉 빠진 모습으로 걸음을 잘 걷지 못하는 압바네스와는 달리 도마는 얼굴에 기쁨이 그득하였다.

그리고 그에게 "걱정하지 마시오. 내가 얘기한 주님만 믿으시면 됩니다. 그가 우리를 구해줄 것입니다. 우리가 죽더라도 하늘에 가서 보상을 받을 것이고 그때부터 자유를 얻고 즐거운 생활을 할 것입니다. 그러니 너무 두려워 말고 내 말만 믿으세요" 하며 그를 위로하였다.

도마는 즐거움과 기쁨으로 옥중생활을 하였다. 얼마 후 왕의 동생이 자신의 형인 왕이 도마에게 사기당한 것에 분노하여 속을 끓이다가 화병으로 갑자기 죽게 되었다.

천사들이 찾아와 그를 데리고 함께 하늘로 올라가 어마어마한 위용을 뽐내고 있는 아름다운 궁전(宮殿) 앞으로 그를 데리고 갔다.

그 왕궁을 그에게 보여주니 그는 깜짝 놀라 입을 다물지 못하고 자기가 이제까지 보아온 왕궁 중 가장 아름다운 궁전이라고 찬사를 아끼지 않았다. 그러면서 천사들에게 여기서 살 수는 없는지 물어보았다.

천사들이 "그렇게 할 수 없습니다. 이 왕궁은 당신의 형을 위해 지어놓은 것이니 돌아가 당신 형에게 이야기 해주시길 바랍니다." 하고 얘기하고 그를 데리고 다시 땅으로 돌아왔다.

죽었다 다시 깨어난 그는 그의 형인 왕에게 찾아가 자기가 보고 온 왕궁에 대해 자세하게 설명하고 왕에게 그 왕궁을 자신에게 줄 수 없냐고 부러운 듯이 말하면서 집으로 돌아갔다.

왕은 동생으로부터 하늘왕궁의 자초지종을 듣고 나서 도마를 다시 불렀다.

"그대가 지어놓은 왕궁을 내 동생이 보고 왔소. 내 잘못을 용서해 주시오"하며 도마에게 자신이 저지른 죄를 용서해달라고 하면서 무엇이든 다 들어 줄 테니 원하는 게 무엇인지 말해보라고 했다.

그때부터 왕과 그 동생은 도마를 경외(敬畏)하기 시작하였고 그의 말은 뭐든지 믿고 그가 얘기하는 것은 무조건 따르기 시작했다. 그들은 당신이 말하는 그 하나님을 믿을 터이니 자신들을 보살펴달라고 간청한다.

그들의 도움에 힘입어 도마는 왕국 어디를 가나 환영을 받았으며 사람들에게 말씀과 복음을 전하며 예배를 위해 교회를 지었다.

그리고 병든 사람들을 치유하고 귀신을 쫓으며 그들에게 은사(恩賜)를 베풀며 축복해 주었고, 천국복음을 선포하고 메시아의 탄생을 알렸다. 그렇게 사랑과 은혜를 베풀자 많은 사람들이 모였고 그를 따랐다.

인더스강을 끼고 넓은 영토에서 많은 성전(聖殿)을 짓고 천국복음을 선포하면서 첫 사역지 인도에서 힌두와 조로아스터교의 박해 속에서도 도마는 기적과도 같이 사람들을 많이 모았고 크게 교회를 부흥시켰다.

신드에는 많은 기독교인들이 생기고 그 뿌리가 오늘날까지 이어져 내려오고 있다. 이렇게 도마는 인도에서 선교의 첫발을 내디뎠고, 첫 번째 선교여행을 그런대로 희망적으로 시작하였다.

당시 인도와 아시아지역은 토속적 종교와 샤머니즘, 토테미즘, 조로아스터교 그리고 힌두교 등이 성행하여 다른 종교가 들어와 선교를 한다는 것이 매우 힘든 상황이었다.

그러한 매우 열악한 환경 속에서도 복음을 전하며, 온갖 핍박 속에서 먹는 것과 자는 것, 육적인 고통을 감내해 가며 오직 천국복음과 사명을 위해 자신을 희생하였고, 그러면서도 늘 기쁜 마음으로 사역을 하였다. 자신은 빵과 소금으로 연명하면서 불쌍한 사람들을 위해 음식과 먹을 것을 나누어 주고 옷도 단벌로 남루하게 입고 다니면서 헐벗고 사는 사람들에게 입을 것을 나누어 주었다.

그렇게 어렵고 힘든 상황 속에서도 사람들에게 사랑을 베풀고 헌신하면서 말씀을 전하고 천국복음과 메시아의 탄생을 알리며 가는 곳마다 귀신 들린 사람들, 아픈 사람들의 병을 고쳐주고 귀신을 쫓아 내면서 치유의 은사(恩賜)를 베풀고 믿음으로 인도하자 많은 사람들이 그를 따르며 하나님을 믿게 되었다.

아시아선교의 첫 번째 사역지인 인도에서 사역을 시작하면서 힌두교와 토속신앙의 반발에 직면하여 생명을 위협받는 우여곡절 끝에 그런대로 첫 사역을 온전히 마친 후, 본격적인 동쪽 땅끝 여정을 시작한다.

그 최종 목적지는 중국땅 깊은 곳, 당시 예루살렘의 동쪽 끝 한반도였다.

한반도 선교는 제3차 여행으로 일컬어지며, 1차 인도와 그 주변 지역에서의 선교 여정을 거쳐 최종적으로 말라카해협을 거쳐 도착한 한반도에서의 여정이다.

도마가 인도에서의 선교여행을 하면서 설교한 내용은 대략 다음과 같다.

첫 번째, '이곳에서 서쪽 땅으로 구세주가 탄생하였고 그는 하나님의 아들로 이 땅에 오셨으며, 죄 가운데 고통받는 우리를 구원하러 오셨다.'고 메시아 탄생과 현현(顯現)을 얘기하였고,

두 번째, 천국복음을 선포하고, 힌두와 다신교를 믿는 그들에게 유일신 하나님의 존재와 섭리, 역사하심에 대해 이야기하였다.

세 번째, 우리는 누구나 하나님 앞에 타락한 죄인이므로 스스로는 죄에서 빠져나올 수도 없고 구원을 받을 수도 없으므로, 오직 이 땅에 오신 메시아를 통해 구원받을 수 있으며 그를 믿어야 천국에 갈 수 있다는, 메시아 구원론을 이야기하였는데 사도바울도 우리의 죄에 대해 "모든 사람이 죄를 범하였고 하나님의 영광에 이르지도 못하였나니, 이 세상에 의인은 없나니, 하나도 없으며…"라고 하면서 인간의 원죄에 대한 이야기를 하였다.

그것은 인류의 첫 조상인 아담과 하와가 저지른 원초적인 죄로 말미암은 인류의 원죄(原罪)를 얘기한 것이다.

네 번째, 구원과 복음에 대한 얘기를 하였다. 그것은 이 땅에 오신 그리스도는 죄 가운데 있는 우리를 구원하러 오셨고 그로 말미암지 않고는 하나님 앞에 갈 자가 없는데, 그것은 누군가 죄 없는 사람이 이 땅에 와서 우리의 죄를 대속(代贖)하지 않고는 우리가 하나님 앞으로 갈 수 없다

는 근본적인 문제와 메시아를 통한 구원의 역사를 이야기하였다.

그것과 관련한 이야기로, 일찍이 예수는 "내가 이 땅에 온 것은 의인을 부르러 온 것이 아니요, 죄인을 부르러 왔노라."라고 하였다.

다섯 번째, 예수가 이 땅에 온 것은 우리를 구원하러 오셨는데 그가 십자가를 짊어지고 우리의 죄를 대속(代贖)하여, 대신 십자가에서 피 흘려 죽으심으로 그를 믿는 자마다 죄 사함과 구원을 얻을 것이라 말하였다.

광야에서 세례요한이 예수를 가리켜 '세상의 모든 짐을 지고 가는 하나님의 어린양'이라고 얘기한 것처럼 그는 우리의 죄를 대속(代贖)하고 속죄의 희생양으로 오셨으므로 그를 믿어야, 그를 통해 천국에 갈 수 있다는 중보론(仲保論)을 이야기하였다.

여섯 번째, 우리가 구원을 받기 위해서는 하나님 앞에 죄를 회개하고 믿음을 가져야만 가능하다는 것과, 인류를 향한 하나님의 구원의 역사(役事)와 섭리(攝理)를 설명하였다.

사도바울도 "이 세상에 자신의 지혜만으로는 하나님을 알지 못하나니" 하였는데 그것은 육적인 세상에서 죄 가운데 살고 있는 우리가, 우리의 생각과 지혜로는 도저히 하나님의 섭리와 구원의 역사를 알지도 알 수도 없다는 의미로, 원죄로 말미암은 인간의 한계를 이야기하였다.

그러므로 도마도 하늘의 말씀과, 하나님을 믿고 거듭나, 믿음으로 생활하는 자만이 죄에서 구원을 받을 수 있다는 것을 강조하고 있으며, 믿음의 중요성에 대해 사도 베드로도 "믿음의 결과는 영혼을 구원받음이라."라고 말하였다.

일곱 번째, 도마는 믿는 자는 성령과 말씀으로 거듭나야 하며 성결(聖潔)의 생활, 새로운 삶의 시작으로 순결(純潔)의 생활을 강조했다.

사도바울도 구원받은 그리스도인은 새로운 피조물이 되었으므로 새로운 삶을 살아야 한다고 얘기하면서 '새사람은 자기를 창조하신 분의 형상을 닮아 지식에까지 새롭게 하심을 받은 자'로 표현하였다.

특히 도마는 청결(淸潔)과 순결(純潔)의 생활을 강조하였는데, 거듭나고 변화된 그리스도인들이 새로운 심령으로 몸과 마음이 청결한 생활을 해야 한다는 것으로, 새로 거듭난 믿음의 생활을 강조한 것이다.

야고보도 "만일 사람이 믿음이 있다고 하면서 행함이 없으면 무슨 이익이 있으리요, 그 믿음이 능히 자기를 구원하겠느냐."라고 하였다.

도마는 이러한 내용으로 처음 사역을 시작한 인도에서의 선교여행에서 중점적으로 설교하였고, 2차나 3차 선교여행에서도 대략 그러한 내용으로 설교하며 복음을 전하였고, 또한 사도바울도 그 비슷한 내용으로 설교하였다.

그것은 생각해 보면, 당시는 통신이나 사회적 연락망(聯絡網)이 전혀 안 되어 있던 시대로, 정보의 교환이 원활하지 못했던 상황에서도 서로의 비슷한 내용으로 설교하고 메시지를 전한 것을 보면 근본적으로 동일한 가르침과 믿음의 배경이 같았기 때문일 것이다.

제5장

제2차 선교여행

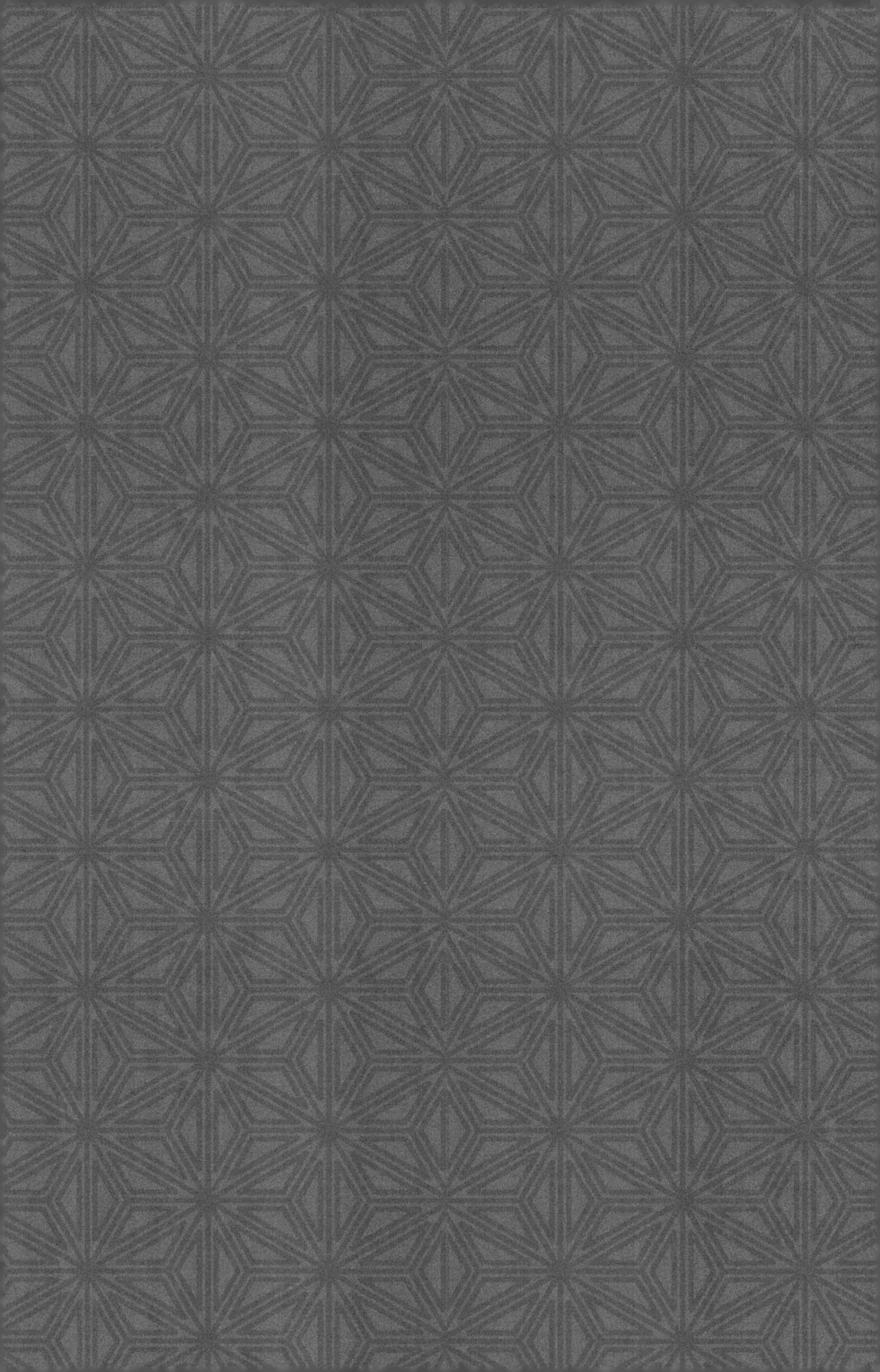

도마행전은 전체 171장으로 구성되어 있는데 그 내용은 크게 두 가지로 나눌 수 있다.

1-61장까지는 도마가 사도의 신분으로 에뎃사에 교회를 세우고 동쪽 선교를 위한 출발점으로 페르시아와 파키스탄 그리고 인도 북부지역으로, 빠르띠아제국이 관할하던 지역으로, 미조람 등에서의 제1차 선교여행 내용이고 61-171장은 제2차 선교여행, 즉 인도 동남부지역에서의 사역으로 지금의 케라라와 타밀나두주에서의 이야기이다.

1차와 3차 선교여행을 마치고 AD50년 예루살렘 공의회에 참석하여 그동안의 선교활동에 대한 평가와 현지사역에 대한 이야기, 그리고 향후의 선교 방향과 개선점 등에 대해 서로 논의하고 그동안 겪은 현장에서의 어려움들을 얘기하면서 선교하는 데 도움이 될 수 있는 이야기들과 앞으로의 계획에 대해 의견을 나누고 나서 그리고 서로를 격려하고 안위(安危)에 대해 걱정해 주고 건투(健鬪)를 빌면서 회의를 마치고, 도마는 다시 제

2차 선교여행에 나선다.

그것은 인도에서의 1차 선교여행 후 AD41~48경의 한반도에서의 사역과 AD50년경 예루살렘공의회를 마친 후, AD52년경부터 시작한 인도에서의 두 번째 선교여행으로, AD72년 순교할 때까지의 이야기다.

그러나 도마행전의 내용대로 일단 1차, 2차 선교여행을 사도 도마의 주요 행적으로 서술되었다고 볼 수 있고, 별도로 제3차 여행은 기록되지 않았으나 그가 아시아 동쪽의 끝, 중국의 깊은 곳이라 표현되는 한반도까지 와서 사역하고 다시 인도로 돌아갔다는 언급만 짧게 되어 있으며 제3차 선교여행으로 일컬어지는 도마의 한반도에서의 사역에 관련하여 다른 문헌과 자료에 일부 기록들이 있어 그의 동쪽 땅끝에서의 마지막 사역을 뒷받침해 주고 있다.

그의 한반도 사역과 관련한 흔적과, 관련한 유적들이 가야와 삼한지역에서 출토되고 영주와 김천, 대구 등지에서 발견되고 있어, 추론해 보면 1차 선교지인 인도의 북동부에서의 사역 중, 말레이반도와 한반도에 2,700년 전 흩어진 10지파 일부가 살고 있다는 얘기를 듣고 찾아온 것으로 인도에서 사역 중 말레이반도와 한반도지역에 유대의 발자취가 있다는 얘기를 듣고 말레이반도에 가서 유대 마을과 회당을 찾아다니며 복음을 전하고 나서 다시 배를 타고 한반도로 출발하였고 쿠로시오해류(黑潮)

를 따라 말라카해협을 지나 한반도의 남단, 김해 부근으로 도착하여 가야국을 비롯하여 감문국, 사로국, 이서국 등 부족국가들에 복음을 전하며 사역을 했다는 이야기다.

그리고 다시 예루살렘으로 돌아가 예루살렘공의회에 참석 후, 이디오피아와 홍해 연안지역의 유대발자취를 찾아, 주변국들을 방문하여 회당을 찾아다니며 선교를 하고 다시 인도 동남부 지역으로 들어가 선교활동을 하다가 첸나이에서 마즈다이왕에 붙잡혀 죽임을 당하고 순교(殉敎)한 것으로, 그의 2차 선교여행이 요약(要約)된다.

인도에서의 마지막 사역을 하면서 보여준 그의 행적에 대한 기록과 유적들이 비교적 잘 보존되어 있어, 순교한 성도마언덕과 숨어서 기도 생활을 했다는 작은 동굴, 피의 돌십자가 등이 그대로 남아있어 지금까지 사람들에게 당시의 모습들을 그대로 생생하게 보여주고 있다.

도마행전은 발견된 지 얼마 되지는 않았지만 당시의 상황들을 비교적 소상하게 기술한 문헌으로, 1차 선교를 시작으로 인도에 처음 발을 딛게 된 동기와 배경, 그리고 군다포로스 왕과의 얽혀진 이야기와 선교 내용 등이 상세히 기술되어 있고 2차 선교여행에서는 인도의 동남부 지역에서의 활동으로, 케라라주와 타밀나두주에서의 행적이며, 타밀나두주에서 마지막 선교를 하다가 첸나이에서 마즈다이왕에 붙잡혀 순교한다는 내용이다.

1차 선교여행 후, 제3차로 일컬어 지는 선교여행을 떠나, 아시아지역으로 들어가 지상명령인 땅끝까지 이르러 증인이 되기위해 동쪽땅끝 한반도까지 찾아와 사역한 후, 다시 인도로 들어가 마지막 사역을 한것으로 볼 수 있다.

AD48년경 예수의 어머니 마리아의 죽음으로, 한반도에서의 사역 중에 다시 예루살렘으로 복귀한 도마는 모처럼 그동안 멀리 각지로 흩어져 사역하다 다시 만난 다른 사도들과 기쁘게 해후(邂逅)한다.

그리고 그동안 사역하면서 힘들었던 이야기, 특히 인도에서 조로아스터교, 힌두의 다신을 숭배했던 그들에게 유일신 하나님의 존재를 알리고, 그들에게 메시아 예수의 탄생과 복음을 전하는데 마주해야 하는 어려움과 핍박(逼迫), 현지에서 겪어야 하는 온갖 수난들을 이야기하며 눈물로 서로를 위로하고 격려했을 것이다.

당시 거의 절대 문맹과 빈곤 속에서 사역지에서의 사람들이 사도들의 설교를 이해하지 못해 선교하는 데 많은 애로사항이 있었을 것이며, 언어가 잘 안 통하는 그들을 상대로 복음을 전해야 하는 사도들이 겪는 어려움은 이루 말할 수 없이 힘들었을 것이다.

더구나 그들은 사역지로 떠날 때 변변한 여비도 없이 순전히 열정과 사명감만 가지고 떠났기 때문에 현지에서 겪는 생활의 어려움과, 상황들에 대해 동병상련(同病相憐)의 심정으로 얘기하면서 서로를 위로하고, 향후의 개선점과 선교의 방향에 대해서도 논의했을 것이다.

그러한 감격적이고 감동적 만남과, 그리고 각지에서의 사역과 선교에 대한 보고와 회의를 마치고 다시 각자의 선교지로 향하면서, 서로의 안위(安危)와 건강을 염려해 주고 기약 없는 앞날을 위해, 다시 만날 것을 염원(念願)하면서 눈물로 헤어졌을 것이고, 도마도 그러한 격려와 위로 속에 다시 인도로 제2차 선교를 떠난 것이다.

이렇게 해서 첫 예루살렘공의회 회의를 마치고 AD52년경 다시 인도에 도착한 도마는 남인도로 오는 길에 작은 섬인 아덴에 들어 1년 정도 사역을 했다는 기록이 있다.

아덴은 홍해에서 아라비아해로 나가는 길목에 위치한 중요한 교통의 요충지로, 요즘도 이곳에서 해상강도 사건이 자주 일어나고 있으며, 부근에 위치한 소말리아에서 괴한들이 나와 이곳을 지나가는 선박들을 위협하고 목숨을 담보로 금품을 빼앗는 일이 종종 벌어지는 지역이다.

지금으로부터 3,000년 전 솔로몬시대에 이디오피아 시바여왕이 솔로몬왕으로부터 지혜를 구하고 상호 교역을 했다는 기록들이 있다.

이때 솔로몬왕이 돌아가는 시바여왕에게 상당한 양의 물자와 보석과 생필품들을 선물하였고 이후 양국은 서로 친밀하게 지내게 되었는데, 솔로몬왕과 시바여왕 사이에 태어난 아기가 그 후, 이디오피아의 황제가 된 하일리에셀라시에 황제로, 그에게는 유다의 사자라는 칭호가 붙었다. 그러한 관계로 이디오피아에 유대와 기독교가 전파되고 많은 회당들이 들어섰다.

그래서 도마는 다시 인도로 돌아가는 길에 중간에 있는 이디오피아와 아덴에 잠시 들러 그들에게 복음을 전하고, 근방에 소꼬뜨라에 들러 선교했는데 소꼬뜨라는 각종 해산물과 자원이 풍부한 곳으로, 특히 예수의 주검에 사용했던 수의(壽衣)도 이곳에서 나는 세마포(細麻布)인 것으로 알려져 있다.

도마는 이곳에 들러 잠시 복음을 전하고 다시 떠나 인도의 남동쪽, 그 옛날 체라왕국의 일부였던 마란카라에 도착한다.

지금의 케라라주의 남쪽 지역으로 도착하여 본격적으로 제2차 선교의 사역을 시작한다. 도마는 그곳에서도 이전부터 정착하여 살고 있던 유대 마을을 찾아, 회당을 돌아다니며 이스라엘땅에 메시아가 탄생했음을 알리고 그들에게 천국복음을 전하였고 그들 중 상당수가 개종하여 그를 따랐다고 한다.

그가 케라라에 도착하여 선교를 시작할 때 이미 그곳에 7, 8곳의 유대회당이 있었고 도마는 그곳을 중심으로 선교활동을 하였으며, 나중에 그 부근 지역에 교회를 새로이 짓고 교회를 중심으로 선교활동을 하게 된다.

참고적으로 마르코폴로의 동방견문록(東方見聞錄)에서도 그가 인도여행에서 케라라주를 방문했을 때 그곳 코람지역에 많은 유대 마을이 있었고, 여러 곳에 유대 회당이 있었다고 기록되어 있었는데, 도마가 그곳을 찾은 것도 인도지역이 도마가 살았던 중근동지역과 비교하면 전혀 문화가 다르고 힌두의 다신을 숭배하는 지역으로, 그들에게 복음전파와 선교가 그리 녹록지 않은 일이어서 우선 유대 마을을 중심으로 복음을 전하며 선교활동을 하기 위한 것이었다.

케라라에 도착하여 선교활동에 나선 도마는 마을 길에서 힌두와 조로아스터교 신자들과 만났는데 그들은 태양신을 믿고 있었다.

그리고 그들은 물을 하늘에 던져 하늘에서 무지개가 펼쳐지면 축복을 받는다는 나름대로의 종교관이 있었다.

그들과 만난 도마는 여기서 서쪽땅에 메시아가 탄생했다는 것을 알리면서 천국복음을 전하였다. 그랬더니 그들은 냉소(冷笑)하며 도마에게 그렇게 좋은 신이면 기적을 한번 보여 달라고 한다.

물을 하늘에 던져 무지개를 펼쳐 보여 달라고 주문하며 또, 만일 그렇게 하지 못하면 자신들 한데 죽임을 당할 것이라는 협박도 했다. 이에 도마는 잠시 혼자서 조용하게 기도를 했다,

"주여 내게 기적을 베풀어 주십시오 그렇지 못하면 나는 여기서 죽습니다."라고 간절히 기도를 드리고 나서 물을 손으로 떠서 힘껏 하늘 위로 뿌리니 일곱 색깔 무지개가 햇살을 받으며 선명하게 공중으로 퍼졌다.

그때 주변에 있던 사람들이 흥분하여 도마를 가리켜 '이 사람이 진짜 하늘이 보낸 사자임이 틀림없다'고 소리치며 여기 있는 사람들은 자신들을 이제까지 속여 왔다고 흥분하며 옆에 함께 서 있던 조로아스터교 제사장을 붙잡아 결박하고 목을 베어 죽이고 나서 도마에게 머리를 조아리고 그를 따르겠노라고 머리를 숙여 간청한다.

그러한 도마의 선교활동으로 제일 처음으로 개종한 사람이 게바왕자인데 그는 도마가 이웃의 중국땅으로 잠시 선교를 떠났음을 알고 빨리 돌아오기를 기다리고 있었다.

그 얘기를 들은 도마는 중국땅에서 인도로 돌아오자마자 게바왕자를 만났는데 그의 도움으로 선교활동을 보다 활발하게 적극적으로 할 수 있었으며, 그 지역에서만 부족장들을 비롯하여 삼천 명 이상의 사람들이

개종하거나 예배에 참석하였다고 한다.

그리고 복음전파와 설교를 위해 몇 개의 교회도 세울 수 있었다.

그렇게 순조로이 선교가 이루어지는 곳이 있는가 하면 다른 곳에서는 힌두교도들의 방해와 핍박으로 어려움에 시달리는 곳들도 많았다.

도마 일행이 니라놈 부근에 도착했을 때 그곳에 힌두교 사원들이 많았다.

힌두사원 부근에 도마 일행이 도착하여 사역을 위해 십자가를 세우고 모여서 찬송을 부르고 예배를 드렸는데 그걸 지켜보던 힌두교 사람들이 발끈하여, 찾아와 십자가를 빼앗고 그것을 근처 하천에 던져 버렸다. 그 십자가 나무가 물길을 따라 강물 위를 떠다니다가 니라놈지역에 머물렀는데 도마는 그곳에 교회를 세우고 거기에서 200명 이상의 사람들에게 세례를 베풀면서 개종을 하게 하였고, 또 부흥회를 열어 많은 사람들이 교회에 찾아와 찬송과 예배를 드리며 교회가 부흥(復興)하게 된다.

그리고 그곳에서도 도마는 많은 이적(異蹟)을 보였는데, 특히 도마를 따르던 이발사가 있었는데 그의 아들이 도마를 박해하는 세력에 의해 살해 당했을 때, 도마가 그 집으로 찾아가 그 아들을 안수로 살리고 그에게 교회에 큰 역할을 맡겼다는 이야기가 있다.

그 니라놈에서 멀리 떨어진 곳의 꼬까만가람을 방문하여 그곳에서도 도마는 병든 사람들을 고치고 귀신을 쫓으며 신유(神癒)의 역사로 그들을 믿음으로 인도하며 복음을 전하면서 커다란 선교의 성과를 거둔다.

천국복음을 선포하고 메시아의 현현(顯現)을 알리며 설교하였는데 그것을 들으려고 수천 명의 사람들이 모여들었고, 그들 중 이천 명 이상의 사람들이 개종하면서 거기에도 큰 교회를 세우고, 교회를 관리하고 운영할 감독까지 선임하면서 교회를 맡기고 또 다른 지역으로 떠난다.

도마가 떠난 뒤 반대 세력들이 교회 십자가를 훔쳐서 부근 늪에 갖다 버렸는데 그 십자가가 또 물길을 따라 흐르다가 바리쁘람이라는 소도시에 머물러 교회 신도들이 찾아가 십자가를 주우며 그곳에 교회를 세웠는데 그곳에도 많은 사람들이 모여 교회에서 예배드리며 부흥회를 열어, 그 주변 지역까지 수천 명의 사람들이 찾아와 하나님을 믿고 개종하였다고 한다.

도마는 교회를 세우면서 자신을 대신해 교회를 관리하고 운영하고 선교와 사역을 맡을 사람을 임명하였는데, 그들을 감독이라 불렀고 그들에게 세례와 안수를 해주고 권한을 위임하여 그들을 통해 교회가 운영되고 부흥되도록 하였다.

그들은 도마가 그리스도의 사도로서 직접 교회를 세웠다고 매우 자랑스러워하면서 그와 더불어 크렌카노르, 퀴론, 챠알, 니나람, 꼬까만가람,

꼬따까부, 파루르지역 등 일곱 군데에 교회를 도마가 직접 세운 데 대해 커다란 자부심을 갖고, 혼신을 다해 선교활동과 사역을 하면서 교회 부흥과 복음전파에 헌신하였다고 한다.

그러한 도마의 선교와 적극적인 사역으로 인도에서는 케라라주를 포함하여 지금까지도 약 2,500만 명의 기독교인들이 이어져 내려오고 있는데 그들은 전체인구에 비해서는 적은 숫자이지만 그래도 힌두와 다신(多神)을 믿는, 다른 종교를 허락지 않는 그곳에서 그 정도의 교회 신도가 있다는 것은 거의 기적으로, 그의 희생적인 선교활동의 결과이다.

처음으로 그곳을 방문하여 숱한 어려움과 핍박을 당하면서도 사명감으로 꿋꿋하게 이겨나가며 믿음의 씨앗을 뿌린 결과로, 순전히 기도와 사랑과 희생정신으로 사역한 도마의 노력의 결실이라 볼 수 있다.

그래서 지금도 그들은 자신들을 도마파 그리스도인이라 부르며 대단한 영광으로, 자랑스럽게 생각한다고 한다.

도마가 바울과 비교되는 점은 예수의 명대로 동진하면서 유대 회당을 중심으로 선교활동을 했다는 것이다.

바울이 유럽에서 주로 이방인들을 상대로 선교한 것과는 비교되는 방식으로, 예수가 처음에 제자들을 모아놓고 파송에 대한 당위성과 사명에 대해 얘기하면서 몇 가지 사항을 주문하였는데 그것은 첫째 열방에 나가 선교할 때 우선 유대 사람들을 먼저 찾아가라는 뜻으로 '차라리 이스라엘 땅에서 잃어버린 양들을 찾아가라'고 이야기한다.

그것은 BC722년에 앗수르제국이 이스라엘과 시리아를 정복함으로 그곳에 살고있던 이스라엘 10지파 사람들을 포로로 잡아가고, 그곳에 대신 다른 이방 민족을 이주시켰다.

나중에 앗수르제국이 망하면서, 10지파 사람들은 다시 이스라엘 땅으로 돌아가려 했으나 그곳은 이미 이방 민족이 차지하고 있었으므로 그들은 돌아가지 못하고 있었는데, 그 후 얼마 안 있어 바벨론의 느브갓네살왕이 이스라엘과 주변국들을 다시 침공함으로 그들은 더 이상 고국으로 돌아가지 못하고 흩어져 동쪽으로, 동유럽과 아시아지역로 이동하게 되었으며 그들을 가리켜 예수는 이스라엘의 잃어버린 양들이라 표현하였다.

그들은 뿔뿔이 흩어져 사막의 길, 초원의 길 또는 해상루트를 통해 동유럽, 인도, 중국, 아시아지역에서 디아스포라로 살았던 것이다.

그리고 두 번째로 천국복음을 선포하고 말씀과 복음을 전하라고 하였다.

그것은 선교의 중심적 내용으로 살아계신 하나님의 섭리와 구원의 역사에 대해 설명하고 천국이 가까이 왔음을 알리라는 것이다.

그리고 마지막으로 선교할 때 저들로 하여금 믿음으로 나오게 하기 위해 병든 자들을 고치고 귀신을 쫓아내는 축귀(逐鬼)의 능력을 부여하고, 그것으로 하늘의 권능을 보여주고 병든 육신과 영혼을 구원하라고 얘기한다.

도마는 스승의 가르침에 순종하여 그것을 가슴에 품고 생명처럼 여기면서 선교여행 내내 동쪽으로 흩어진 10지파 일부의 발자취를 찾아 나섰고, 바닷길 해상루트와 사막을 이용한 실크로드 그리고 초원의 길을 따라 흩어져 있는 마을과 공동체를 찾아 그들의 회당을 중심으로 복음을 전하고 메시아의 탄생을 알렸다.

그것은 달리 생각하면, 우선 유대민족을 찾아 그들에게 복음을 전하고 그다음 그들로 하여금 이방 사람들에게 전하도록 하여 토속신앙을 믿는 사람들에게 직접 선교하는데 어려움을 줄이고 언어적 문제도 해결하는, 선교의 효율성을 위해 그렇게 한 것 같다.

그 가르침에 충실하여 도마는 주로 유대 마을과 회당을 찾아다니며 선교와 사역을 하였고 그가 한반도까지 오게 된 사유도, 북방의 초원의 길을 따라 동으로 이동한 10지파의 일부 세력이 만주지역에서 디아스포라로 유목 생활을 하면서 살아가던 중, 그들의 일부가 한반도 남쪽까지 내려와 부족국가를 이루고 살고 있었음을 알고 그들의 발자취를 따라, 말레이반도에서의 선교를 마치고 예루살렘의 동쪽 끝, 한반도까지 찾아온 것으로 추정할 수 있다.

그와 다른 방식으로 주로 이방을 상대로 선교활동을 하던 바울은 당시 이방선교를 금기시하던 예루살렘 공의회에 참석하여 이방선교의 중요성을 강조하고, 그 당위성을 끈질기게 설득하여 마침내 사도들의 동의를 얻은 후, 본격적인 이방선교에 나선다. 그것이 바울과 도마의 선교 방식의 차이점이기도 하다.

도마의 1, 2차 선교에 대해서는 도마행전이나 복음서에 자세히 나와 있다.

시리아어로 기록된 이 복음서는 2세기 후반에 영지주의(靈知主義)나 이단적 신앙에 부정적이었던 이레니우스주교의 명에 따라 영지주의적 성격이 강한 복음서와 다른 문서들을 읽지 못하게 하므로, 이집트 수도원의 수도사들은 그들의 창고에 보관하고 있었는데 AD367에 알렉산드리아의 주교인 아타나시우스가 부활절 메시지에서 수도사들에게 인정한 문서나 책 외에는 모두 불살라버리라고 다시 명을 내려, 이집트 수도사들은 후대에서라도 그 복음서를 읽어 볼 수 있도록 하기 위해 6자가 넘는 큰 항아리 속에 복음서를 넣고 봉인하여 묻어두었다.

그 이후 약 1,600년이 지난 1945년 12월에 나일강 주변에서 농사짓던

한 농부에 의해 우연하게 땅속에 있던 항아리가 발견되는데, 그 항아리 속에서 도마복음서와 문헌들이 나와 세상에 빛을 보게 되었고, 그 문헌들에 도마의 행적과 선교 내용, 복음에 관련한 세세한 내용들이 있어 그동안 묻혀있었던 도마의 행적과 그의 신앙관을 고찰(考察)하고 고증(考證)하는 데 커다란 도움을 주고 있다.

특히 복음서에는 예수가 승천(昇天) 전에 도마와 나눈 많은 이야기들이 정리되어 있으며, 금욕주의적 육신의 생활과 순결주의에 대해 강조하는 부분이 많이 나와 있다 하여, 그와 관련하여 당시 영지주의(靈知主義)로 내몰렸던 주요요인(要因)이 되지 않았나 하는 의견들이 있었으나, 결국 나중에는 영지주의(靈知主義)적 사상이 아니며, 육신을 부정하는 것이 아니고 오히려 육신을 중시하고 성결한 생활을 강조한 것으로 다시 재조명되고 있다.

머리에 기름 바르고 물속에 잠겼다가 나오면 성령의 이름으로 침례(浸禮)를 주는 의식을 행함으로 죄 사함과 거듭남을 상징하고, 그렇게 하므로 성결과 순결함으로 믿음의 생활을 할 수 있도록 육신생활의 중요성을 강조한다.

그러한 도마의 의식 행위는 영지주의적인 행동이 아니고 이 세상의 육신의 옷을 벗는 것은 인간이 죽어서 다시 하나님에게로 돌아가는 것으로, 이 세상에서 성결한 삶과 믿음의 생활만이 죽어서 해방과 자유를 얻는 영원히 복락을 누릴 수 있는 참된 삶으로 보았다.

그래서 그는 지상생활의 중요성을 강조하였고, 그것은 영지주의와는 거리가 있는 개념으로, 그는 자신의 지상에서의 그러한 생활이 죽어서 보상을 받을 수 있으므로 죽음을 기쁘게 기다린다고도 하였다.

그는 2차 선교여행에서 인도의 동남부에서 사역하였고 많은 사람들이 모이고 교회가 크게 부흥하여 케라라주에서만 일곱 개 교회를 세울 수 있었고, 거기서 많은 사람들이 개종하여 예배를 보았으며, 그에 따라 교회를 관리하고 운영할 2명의 감독까지 두고 왕성한 선교활동을 한 것으로 알려진다.

여기서 잠시 그의 2차 선교여행 이전, 3차 선교여행이라 일컬어지는 동쪽 땅끝 한반도까지 오게 된 사연과 배경, 내용에 관하여 알아볼 필요가 있어 그와 관련한 이야기를 살펴보기로 한다.

인도에서의 1차 선교여행 중, 말레이반도에 유대 마을과 회당이 있다는 얘기를 듣고 배를 타고 말레이반도에 가서 유대 마을을 찾아 회당을 돌며 잠시 사역하였고, 그리고 나서 말라카해협을 거쳐 한반도 남단에 도착하여 동쪽 땅끝 한반도에 첫발을 딛게 된다.

한반도 남단 가야국에서 첫 복음을 전하고 김수로왕에 세례를 주었으며, 낙동강 물길을 따라 영주까지 가서, 거기가 물길의 끝이므로 더 이상 갈 수가 없음을 알고 예루살렘의 동쪽 땅끝인 한반도에서의 사역과 땅끝 증인이 되라는 스승으로부터의 미션을 완수한 기념으로 자신의 석상을 만들고 거기에 히브리어로 이름을 새긴다.

그리고 대구에는 달구불이라 불리는 대장간을 달성공원(達城公園) 안에 세우고 강철과 철제도구로 농경사회인 삼한에 농사에 필요한 쟁기나 삽, 호미, 수레바퀴 등을 만들고 경산에는 돌절구통 등을 만들어 농경 생활에 필요한, 편리(便利)를 위한 도구나 용품들을 만들어 보급하면서, 삼한 사회에 많은 도움을 주고 기여하게 된다.

그는 원래 목수이며 또 돌을 다듬어 여러 가지 도구를 만드는 기술을 갖고 있었고, 쇠를 강철로 만드는 기술도 갖고 있었다 한다. 당시 변한지역 감문국 제사장인 조슈아가 그러한 그의 소문을 듣고 강철과 제철 기술로 농경사회에 필요한 도구들을 만들기 위해 그를 초청했다는 얘기도 있다.

조슈아는 이스라엘 레위지파의 후손으로 북방에서 김수로왕과 함께 한반도에 내려와 지금의 김천지역을 관할했던 감문국의 제사장으로 당시 이스라엘에서 갖고 온 법궤를 모시고 매년 경호강에서 행사를 주관했다는 이야기가 있다.

도마가 인도에서 말레이반도와 한반도까지 건너올 때 배를 이용하였는데 그때는 이미 뱃길이 열려있었고 그것은 그 이전 솔로몬 시대부터 개척하고 이용해 온 뱃길이었다.

솔로몬시대에 이미 해상무역이 활발하여, 뱃길을 통해 지중해, 인도양, 동남아시아. 중국, 한국, 일본, 그리고 멀리는 호주까지 갔다는 기록이 있으며, 솔로몬왕은 두로국 희람왕과 공동으로 커다란 규모의 상선 선단을 만들어 계절풍을 이용해 먼 지역까지 진출하면서 무역을 하였다.

정기적으로 운행했다는 교역 선단은 인도에서는 주로 귀금속, 향신료, 보석, 상아, 원숭이, 공작 등을 이스라엘과 중동지역 그리고 로마 등지로 수입하였고, 수출은 유리잔, 공구 등 수공업 제품들과 농산물들이었다.

당시에는 상품이나 물품들뿐만 아니라 목수나 석공, 대장장이로 기술을 갖고 있는 기술자들을 초빙하는, 인적교류가 활발하였고 또 사람을 노예로 사고파는 거래도 많았는데 당시 로마는 번화한 국제교역 도시로서 유럽과 아프리카, 중동지역 등 각지에서 기술자, 종교인, 노예 등 많은 사람들이 몰려들어 도시가 사람들로 넘쳐났고, 그들은 직업과 능력에 따라 또 다른 곳으로 이동하면서 일부는 인도지역으로 노예로 팔려나갔으며 도마도 그러한 당시의 시대적 분위기 속에서 노예의 신분으로 인도로 건너간 것이다.

그 당시 활발했던 동서 간 교역의 흔적들이 지금도 많이 남아있는데 지금도 인도에서는 당시 로마에서 사용하던 금화, 은화 도자기, 그릇 등이 발견되고 있으며, 교역을 위해 상선들이 동원되었는데 그들은 계절풍을 주로 활용하였고, 인도의 인더스강에서 이집트까지 계절풍 몬순바람을 타면 40일 정도 걸리고 다시 돌아올 때도 그 정도로*, 적절하게 계절풍을 이용하여 교역을 하였다.

도마는 인도 북부 미조람지역에서 군다포로스왕의 왕궁도 짓고 선교활동을 하다가 지상명령인 동쪽 땅끝 증인으로서의 사명을 이루기 위해 극동아시아지역, 한반도로의 사역에 나선다.

북인도를 출발하여 가는 길에 말레이반도 말라카해협 쪽에 유대 마을을 방문하여 복음을 전하며 그곳에서 몇 개월 사역을 하고 다시 출발해 한반도 남단으로 도착해 가야국을 세운 김수로왕에 세례를 주고 한반도에서의 사역을 본격 시작한다.

가야국에 복음을 전하고 기독국가로의 초석을 놓으면서 한반도에서의 동쪽 땅끝 사역을 시작하였는데 당시 가야연맹이 농경사회였으므로 그에 필요한 농기구나 도구들을 제작하여 보급하였으며, 또 한편으로 당시 동유럽의 선진문화와 문물들을 들여와 유입시키면서 대가야연맹의 발전에 크게 기여한다. 그러면서 본연의 임무요 사명인 천국복음을 전하며 사도로서 선교활동을 시작한다.

그리고 그는 마침내 예루살렘의 동쪽 땅끝에서의 사역과 지상명령의 미션을 완수한 기념으로, 육상실크로드와 해상실크로드의 동쪽 끝 지점, 종점이었던영주에서 자신의 석상을 조각하여 기념으로 이름을 새기면서 사명을 마치게 해주신 데 대한 감사의 기도를 드리고, 다시 예루살렘으로 돌아갔으며 예루살렘공의회에 참석 후, 제2차 선교여행으로 인도로 출발하여 동남부 쪽 케랄라와 타밀나두주에서 마지막 사역에 들어간다.

다시 인도에 돌아온 도마는 타밀나두주에서 사역을 하였는데, 당시 인도에서는 그가 귀신을 쫓으며 병을 낫게 하고, 하늘의 말씀과 천국복음을 선포하며 메시아의 탄생을 알리고 다닌다는 소문이 널리 퍼져 그를 보려고 사람들이 몰려들었다.

왕국의 장군인 시포르가 그에게 찾아와 자기는 이 나라의 권력자이고 재산가인데 집에 안 좋은 일이 자꾸 생겨 걱정이라고 얘기하면서 자기 딸과 부인이 거리에서 불량배를 만나 안 좋은 일을 당한 것을 얘기하였다.

그 일 이후 딸은 충격으로 몇 년간 방에서 나오지 않고 두문불출하고 있으므로, 딸의 정신병을 고쳐 달라고 간청한다. 이에 도마가 장군에게 "주님이 딸을 고쳐주실 것을 믿습니까?" 물으니 장군은 "네!" 하고 대답하여, 그길로 함께 장군의 집으로 도착하니 각지에서 몰려든 많은 사람들이 집 앞에서 그를 기다리고 있었다.

도마는 집에 들어서면서 방 안에 있던 두 여인에게 큰 소리로 외쳤다.

"너희들은 속히 그 여인들로부터 나와 너희 신분을 밝히라." 하고 소리치니, 악령들이 나와 '당신은 당신의 주님의 뜻을 실현하기 위해 노력하지만 우리도 우리를 보낸 이의 뜻을 실현하기 위해 노력하고 있다'고 말하며 '당신이 사람들에게 영원한 생명을 주는 것처럼 우리도 우리를 따르는 사람들에게 영원한 형벌을 주기 위해 애쓰고 있다'고 얘기하며 격렬하게 저항한다.

이에 도마는 '주님이 나를 통해 너희들에게 명하노니 절대 사람들을 괴롭히지 말고 그 몸에서 떠나라'고 명하니 악령들은 발악을 하면서 사라지고 두 여인은 죽은 것처럼 거리에 나뒹굴었다.

이에 도마는 장군과 두 여인 앞에서 "주님이시여 이들의 영혼과 상처를 치유해 주시고, 고쳐주셔서 다시금 악령들이 들어가지 못하도록 인치시고 살려 주옵소서" 하고 기도드리니 두 여인이 그때서야 다시 일어나 감사하다고 말하고 걸어서 집 안으로 들어가니 장군은 머리를 조아려 도마에게 "주님을 믿습니다." 하고 감사의 기도를 드린다.

이에 도마는 "거짓 예언자들이나 선지자들은 양의 옷을 입었지만 그 속은 이리이며 많은 여인들을 탐하고 모든 것을 자신을 위하여 쓰기를 원하고, 입으로는 거창한 소리를 하지만 머리로는 다른 생각을 하고, 다른 사람들에게는 악을 행치 말 것을 주문하면서도 자신은 하나도 선한 일을 하지 않는 자들이고, 자신은 현명하고 도덕적인 사람이라고 말하면서, 다른 사람에게는 호색과 도적질 그리고 탐욕을 하지 말라 하면서 자신은 남몰래 하는 자들이다"라고 정리해 주면서 그들이 악령 편에 서서 일하고 있는 자들이라고 모인 사람들에게 이야기 해주고 그들을 조심하라는 경계(警戒)의 부탁을 한다.

당시 왕의 측근인 카리스라는 사람이 있는데 그의 부인 미그도니아는 하나님에 대한 이야기와 악령을 쫓고 사람들의 병을 치유하며 천국복음을 전한다는 도마를 보기 위해 그가 있는 곳으로 찾아와 모여있는 군중들을 밀치고 그에게 다가갔다.

도마는 사람들을 향해 그들이 이전에 들어보지 못한 하나님의 섭리에 대해 얘기하며 천국복음을 선포하고 메시아의 탄생을 알렸다. 그러면서 노예든 백정이든, 누구든 하나님 앞에서는 모두가 평등한 자녀라고 말하면서 카스트제도와 계급사회에 신음하고 고통당하고 있는 인도의 많은 사람들에게 희망과 용기를 주었고, 간음과 도적질, 탐욕과 방종, 폭음과 폭식, 악령된 행동은 악의 모태이고 순결, 온유, 사랑, 절제는 그리스도가 보여주신 선의 모태가 된다고 설교하였다.

그 얘기를 들은 미그도니마는 사람들을 밀치고 도마 앞으로 뛰쳐나가 "살아계신 하나님의 사자여! 당신은 이성과 분별없이 살고 있는 이곳에 오셨습니다. 나를 불쌍히 여겨주시고 나에게 인치심을 주시고 구원하옵소서"하고 외치며 그 앞에서 쓰러졌다.

이에 도마는 그 여인을 붙잡아 일으켜 세우면서 "당신은 참된 사귐을 하지 못하고 세상의 욕정과 권력 그리고 온갖 더러운 것들에 물들어 허망하게 살아왔지요. 이제 하나님께 소망을 두고 사는 것만이 당신을 구원해 주고 순결한 삶만이 당신의 죄를 씻어줄 것입니다."라고 위로하였다.

얘기를 다 듣고 도마 앞에 엎드려 하나님에 대한 믿음을 고백하고 다시 집으로 돌아간 부인은 그때부터 그동안의 더러운 것들과 결별하고 남편과의 잠자리도 멀리하였다.

이에 의심이 생긴 카리스가 하인에게 그녀가 다녀온 곳을 캐물으니 그 종이 자초지종을 얘기하였고, 그 말을 들은 카리스는 화가 머리끝까지

나서 부인에게 "그런 말에 현혹되지 마시오, 바보 같은 얘기요. 아버지와 아들과 성령으로 행한다는 그런 마술과 마법에 걸려 더 이상 놀아나지 마시오." 하고 나무란다.

그때 부인이 "구주되신 나의 그리스도시여 나에게 힘을 주옵소서 당신께서 말씀하신 순결과 성결한 삶을 살 수 있도록 인도해 주옵소서." 하고 기도하였다.

이에 카리스는 화가 나서 왕에게 찾아가 이방인이며 노예인 도마의 마술과 마법에 걸린 그를 소개한 시포르장군을 가만두면 안 된다고 흥분하였다.

그는 왕에게 히브리인 마술사로 감언이설로 사람들을 현혹하며 이제까지 들어보지도 못한 말로 하늘의 율법을 가르쳐서 사람들에게 부부간에 잠자리를 멀리하게 하고 나쁜 것을 가르치고 있다면서 처벌해 줄 것을 간청하였다.

이에 왕은 진노하여 바로 시포르장군을 불렀다.

왕 앞에 온 시포르장군은 자신이 이제까지 겪었던 일들을 소상하게 왕에게 얘기하고 도마는 참되고 신실한 사람으로 날마다 기도하며, 그의 기도를 하나님이 다 들어 주신다고 얘기하면서 적극적으로 도마를 옹호하였다.

이에 흥분한 카리스는 도마를 불러들여 왕 앞에 꿇어앉히고 왕에게 태형(笞刑)으로 벌해달라고 간청하니, 왕이 허락하여 그의 말대로 도마는 128대의 태형으로 매를 맞고 비틀거리며 옥으로 들어간다.

그런 와중에 옥중에서도 죄수들이, 그들에게 말한 그의 복음과 설교를 듣고 그를 믿고 따르게 되었으며 그를 자신들의 주인처럼 받들었다.

그리고 옥중에서 죄수들은 그에게 자신들을 위한 기도를 해달라고 간청한다.

이에 도마가 하나님 앞에 무릎 꿇고 큰 소리로, 이들을 불쌍히 여겨주시고 긍휼을 베풀어달라는 기도를 드린다.

그리고 나서 조금 있다가 환한 불빛이 그들을 비추며 옥문(獄門)이 열렸다.

그는 옥에서 나와 곧바로 미그도니아를 찾아갔다.

그의 투옥(投獄)이 자신 때문에 일어난 것으로, 자책하면서 안절부절못하는 그녀 앞에 도마가 나타나자 소스라지게 놀란다.

그녀는 매우 반가워하면서 하인에게 포도주와 빵과 기름을 가져오라고 명하고 도마에게 세례를 청하였다. 이에 도마가 정성으로 그녀의 머리에 기름을 바르고 "우리의 죄를 씻는 거룩한 이 기름을 머리에 바름으로 이 여인을 치유해 주옵소서." 하고 기도하였다.

그리고 함께 가까이에 있는 냇물 가로 가서 침례의식을 행하며 성자와 성부와 성령의 이름으로 세례를 주고 빵을 떼서 포도주잔과 함께 들면서 그녀에게 그리스도의 몸과 하나님 아들의 성찬(聖餐)의 잔을 허락하며 "그대는 인치심을 받았소. 이제 영원한 새 생명을 받았습니다." 하자 그녀가 아멘! 하고 외친다.

세례를 마치고 도마는 다시 옥으로 스스로 걸어 들어갔다. 남편인 카리스가 저녁에 집에 들어와 부인에게 더 이상 그 마법에 속지 말라고 다시 주의를 주었으나 부인은 남편에게 "그리스도는 나의 생명이며 구주입니다." 하고, 남편의 말과 행동을 탓하였다.

다음날 카리스는 왕을 찾아가 저들을 도저히 그냥 두어서는 안 된다고 하면서 처형할 것을 요청한다. 왕은 다시 도마를 불러 카리스의 부인을 원래대로 돌려놓을 것을 부탁하면서, 그렇게 하면 석방시켜 주겠노라 달랬다.

그러나 도마는 단호하게 거부하고 '하나님을 믿는 사람들은 근신과 성결과 근본의 생활을 영위하고 육신의 쾌락이나 간음을 하지 아니하고 도적질과 폭음이나 방종하지 않으며, 죄에서 해방된 사람들로 어떤 저주나 주문도 그들을 이기지 못할 것' 이라고 큰 소리로 말한다.

마즈다이왕이 도마를 취조하고 나서 저녁에 집으로 돌아가 부인인 테루티아에게 그동안 측근인 카리스에게 일어난 일들과 도마에 대한 얘기를 하였다.

왕의 얘기를 다 듣고 난 부인은 미그도니아를 찾아가 그동안의 일들에 대해 자초지종을 물어보며 그녀의 행동을 나무랐다.

그러나 처음에는 나무랐던 그녀가 미그도니아의 도마에 대한 이야기들을 다 들은 연후에는, 그녀도 도마를 만나보고 싶다고 미그도니아에게 요청한다.

그리고 그다음 날 시포르장군 집에 있는 도마를 찾아갔다.

도마는 그녀에게 "내가 할 수 있는 것은 복음을 전하고 하나님에 대한 믿음을 갖게 하는 것과 하나님 이름으로 축복해 주는 것이오." 하고 말하니 그녀가 그에게 "사람들에게 보여주신 능력과 믿음을 나에게도 주옵소서." 하며 간청하였다. 그러나 도마는 "믿으면 죽어서 천국에 가게 될 것이오."라고 말하며 일단 그날은 돌려보냈다.

왕궁으로 돌아온 테루띠아는 남편인 왕에게 자신이 들은 얘기를 자세하게 설명하며 믿음을 갖고 하나님 앞으로 함께 나갈 것을 간청한다.

그다음 날 카리스를 만난 왕은 "그놈이 나의 부인에게까지 마법을 걸었네."라고 말하며 흥분하였다. 그리고 둘이서 도마가 있는 시포르장군

집으로 찾아갔는데 그때 도마는 사람들에 둘러싸여 말씀과 복음을 전하고 있었다.

왕이 들어오자 사람들은 모두 일어나 황망히 왕을 맞이하며 두려워하였지만 도마는 눈길도 주지 않고 그대로 앉아 얘기를 계속하고 있었다.

왕은 화가 나 도마를 발로 차서 쓰러뜨리고 발로 밟으며 병사들을 불러 그를 포박하여 잡아가게 하였다.

이번에는 왕의 아들이 나서 사람들을 불러 그들이 어찌하여 그의 말을 믿고 따르게 되었는지 자초지종을 알아보았다. 그들로부터 얘기를 다 듣고 나서 왕자는 왕에게 가서 그들의 말을 전하며 "하나님의 말씀대로 살게 되면 이 세상이 끝날 때 천국에 가게 되며, 믿음으로 죄 사함을 받을 수 있다."라는 얘기를 전하였다.

왕은 얘기를 다 듣고 나서 아들에게 그런 말들에 현혹되지 말라고 타이르며, 아들을 내치고 자신이 직접 나서겠노라 하며 직접 도마를 취조하였다.

"너는 누구의 명령으로 이런 일들을 벌이고 다니느냐."라고 물었고 이에 도마는 당황하지 않고 "하나님과 그의 아들 그리스도의 이름과 권능으로 행한다."라고 당당하게 말한다.

이에 격분한 왕은 철판을 벌겋게 달구어 도마를 그 위에 서게 하였다. 이때 도마가 마음속으로 기도하고 있는데 병사들이 그를 번쩍 들어 철판 위로 옮기고 있었다.

그때 갑자기 땅이 갈라지면서 물기둥이 솟구쳐 철판 위로 물이 차고 넘쳤다.

이를 보고 있던 주위 사람들이 소스라치게 놀라며 분명 도마는 하늘이 보낸 사도라 얘기하면서 두려워하기 시작하였고 왕은 자리를 피하였다.

와잔왕자는 그것을 보고 도마에게 다가가 왕을 대신하여 용서를 구하였다. 그러면서 자신은 결혼한 지 7년째인데 부인이 병에 들어 시름시름 앓으며 몇 년째 집에 누워 있다고 하며, 도마에게 자기 부인의 병을 고쳐줄 것을 부탁한다.

도마는 왕자에게 당신이 믿음을 가지고 고백하게 되면 병 고침을 받을 것이요 하면서 하나님을 믿을 것을 말하였다. 왕자가 믿음을 고백하는 순간 그의 부인이 집에서 걸어서 나와 그들에게로 찾아왔다.

그리고 도마는 그것을 지켜보고 서 있던 주변 사람들에게 머리에 기름을 발라주고 아버지와 아들과 성령의 이름으로 물속에 담그며 세례를 행하였다.

이들이 물에서 나올 때 빵을 떼어주며 잔을 들어 축복해 주었고 성찬을 허락하였다.

도마가 그러한 성찬의례를 중요시하는 이유는 사람들로 하여금 믿음으로 나오게 하기 위해 당시 복잡하고 어려운 교리의 설명보다는 기본적인 의식 행위를 통해 성령으로 거듭남을 체험토록 하고 믿음을 갖게 하기 위함이었다.

인을 쳐주고 머리에 기름을 바르는 침례의식을 통해 삼위일체의 하늘의 역사와 권능으로 축복하고 새로운 사람으로 거듭나게 하기 위한 의식(儀式)을 행함으로, 당시 문맹률이 높고 열악한 사회적 환경과 어려움 속에 있는 사람들에게 비교적 간편하게 이해시키면서, 그러한 의식을 통해 믿음을 갖게 하고, 하나님 앞으로 나올 수 있게 하기 위함이었다.

도마는 인도에서 제2차 선교여행을 시작하여, 케라라지역에서의 사역에서는 7개의 교회를 세우고 그를 관리할 2명의 감독을 임명하는 등 성공적으로 사역을 마치고 다시 사역지를 동남부쪽으로 옮겨 새로운 지역에서의 선교를 시작하였으나, 그러나 새로운 선교지 타밀나두에서는 엄청난 저항과 핍박에 직면하게 된다.

그러한 자신에 대한 박해 속에 도마는 마지막 순간이 다가오는 것을 직감하였다.

이에 도마는 자신을 따르는 사람들에게 "이 땅에서 해방되는 마지막 순간이 다가오는 것을 기쁘게 생각합니다. 나는 주님의 종으로 그를 따르고 섬기는 사도입니다. 우리를 구원하시기 위해 오신 주님을 믿고 따르시기 바랍니다.

내가 이 땅에서 핍박받고 고문으로 죽는 것을 보고 두려워 말고, 굳게 믿음을 지켜야 합니다. 죽음은 죽는 게 아니고, 육신에서 해방되어 새로운 삶을 시작하는 출발점입니다."라고 말하였다.

마즈다이왕은 그 측근의 도마에 대한 원한과 부인의 행동에 충격받아 도마를 죽이기로 작정하고 다음 날 다시 그를 불러들였다.

왕의 호출을 받은 도마는 당당하게 왕 앞에 섰다. 마즈다이왕이 "너는 노예인가 아니면 자유인인가." 하고 물으니 도마는 "나는 본래 노예로 팔려 왔는데 도망쳐서 이곳으로 왔다. 내가 이곳에 온 것은 많은 사람들을 구원하고 내 자신은 당신에게 붙잡혀 죽임을 당하기 위함이다."라고 말하였다.

왕은 이에 "너의 주인은 누구이며, 어느 나라 사람이고 이름이 무엇이냐." 하고 물으니 도마는 "내 주인은 주님이시며, 그는 당신의 주인이시기도 하고 이 세상의 주인이십니다." 하고 얘기하니 왕은 궁금하여 이름이 무어냐고 되물었다.

도마는 "이 땅에서 그분에 대한 참된 이름은 들을 수는 없으나, 그러나 그분에게 붙여진 이름을 말한다면 예수 그리스도이십니다."라고 말하였다.

왕은 얘기를 다 듣고 "이제까지 참아 왔지만 이제는 더 이상 참지 못하겠노라. 네가 사람들을 현혹하고 다니는 그 마법을 이제부터 더 이상 할 수 없을 것이다."라고 하니 도마는 "그 마법은 이 세상에서 영원히 없어지지 않을 것입니다."라고 하면서 왕을 똑바로 쳐다보았다.

이에 왕은 도마를 추종하는 사람들이 주변에 많이 둘러싸고 있었으므로 그 자리에서 죽이지는 못하고 병사들에게 그를 산으로 끌고 가서 처형하라고 명한다.

도마는 네 명의 병사들에 의해 끌려갔는데 그를 따르는 사포르장군과 왕의 아들인 와잔왕자도 그들을 따라갔다.

산에 끌려온 도마가 병사들에 의해 동굴 안 바위 앞에 꿇어앉혀 포박당하고 있을 때 와잔왕자가 나서 병사들에게 그를 풀어줄 것을 설득하였다.

그러는 동안 도마는 조용하게 마지막 기도를 올린다.

"나의 주인이신 주님! 희망이시며 이 세상을 다스리시고 천지를 창조하신 나의 하나님! 저로 하여금 주신 사명과 사역을 이제야 마치게 하시고 이 순간을 허락해 주시는 은혜에 감사드립니다. 이제 저에게 자유를 주옵시고 당신이 계시는 곳으로 갈 수 있게 손을 잡아 주옵소서." 하고 기도를 마치고 나서 왕자에게 다가가 병사들을 설득하지 말 것을 요청하고, 병사들에게 "당신들은 당신들에게 부여된 왕의 명령을 지금 행하는 것이 좋겠소." 하고 담담하게 말한다. 그 말을 들은 병사 네 명은 곧바로 그를 창으로 찔렀다.

왕자와 시포르장군 그리고 주변에 있던 믿음의 형제들은 그 현장을 지켜보면서 눈물을 흘렸다. 그리고 왕자와 장군은 하산하지 않고 끝까지 그 곁을 지켰다. 그때 도마가 그들 앞에 나타나 나는 이곳에 없으니 여기 있을 필요가 없다고 하면서, "나는 이미 하늘에서 보상을 받았고 그대들을 위해 앞으로도 함께할 것이오."라고 말하고 그를 따르는 많은 사람들에게 "걱정하지 마십시오, 주님이 지켜주실 것입니다."라고 얼굴에 미소 지으며 말하였다.

그런데 도마가 죽고 난 후, 그를 죽인 마즈다이왕의 왕자 중 한 명이 악령에 들어 신음하고 있었는데 왕은 아무리 좋은 약을 쓰고 유명한 의사를 불러 치료를 받게 하였으나 낫지가 않자 고민하다, 결국 신하에게 산에 가서 도마의 묘를 찾아 그의 묘를 열고 뼈를 추려 갖고 오라 하면서 그걸 아들의 몸에 대면 나을 것이라고 도마의 뼈를 찾아오도록 명하였다.

그러나 도마의 시신은 그곳에 없었다.

이미 사람들에 의해 다른 곳으로 옮겨진 뒤였다. 왕은 낙담하여 그의 묘의 흙이라도 가져오라고 명하고, 가져온 흙을 앞에 두고 "그리스도시여 내가 주님을 믿나이다."라고 고백하였다. 그리고 흙을 그의 아들 몸에 문지르니 병이 낫고 회복이 되었다.

왕은 자신이 도마를 죽인 데 대해 크게 후회하고 자책하면서, 시포르 장군을 찾아가 자신의 마음을 고백하고 나서 그를 따라 예배당에 나가 눈물로 참회의 기도를 드리며 그때부터 믿음을 갖게 되었다.

이로써 도마는 인도에서의 1, 2차 선교와 중국의 깊은 곳 한반도까지의 동쪽 땅끝 사역을 모두 마치고 인도에서 마지막을 맞이하며, 순교(殉敎)함으로 그의 스승인 예수와의 약속을 지키고 사명을 마무리한다.

성서나 사도들의 행전에서 도마에 대한 자세한 언급이 없었던 것은 추측해 보건대 그가 사역할 때나 제자들과 무리 지어 예수를 따를 때부터도 무리 중에 쌍둥이라는 별칭으로, 그냥 이름 대신 쌍둥이의 호칭인 도마로 불리다 보니 정식이름인 유다도마가 언급되지 않았던 탓도 있을 것이고, 또 그의 이름이 가룟유다와 혼돈되어 사람들에게 불명확하게 호칭되면서 정확하게 기록되지 않은 탓도 있었을 것으로 생각할 수 있다.

그의 정확한 이름은 유다도마이다. 제자들의 복음서 중 요한만이 도마에 대해 언급을 했는데 그것도 짧게 그의 간단한 행적만을 얘기하였다.

그리고 이제까지 그를 의심쟁이 또는 기회주의자 정도로 인식이 되고 많은 언급이 없었으나 그것은 사실 그를 정확히 알지 못하는 이야기로, 그는 모든 것을 정확하게 파악하고 완벽한 실행을 위해 노력하는 실증주의자로, 실수를 하지 않기 위해 정확히 알고자 노력했고 의심나면 바로 질문하여, 확신을 갖게 되면 오로지 그것에 전념하고 집중하여 행하는 행동주의자였다.

의문나는 것이 있으면 바로 질문하고 확인하였고, 확인 후에는 오로지 그것을 위해 좌고우면(左顧右眄)하지 않았다.

그의 선교활동과 믿음에 대해 일부에서는 너무 영지주의(靈知主義)에 치우쳤다고 비난받았고 때로는 이단으로 몰려 그의 관련 서적과 문헌들이 위기를 맞는다.

AD367년 아타나시우스주교가 자신들이 인정하지 않는 문서들은 모두 태워버릴 것을 지시하였는데 성빠꼬미우스 수도원의 수도사들은 지시에 따르지 않고 수도원의 도서관에서 꺼내 여섯 자나 되는 큰 항아리에 넣어 밀봉하였다. 후대에 누군가에 의해 다시 세상에 나올 것으로 기대하고 땅속에 묻었는데, 그 후 1,600년이 지나 나일강 주변에서 농사짓던 어느 농부에 의해 우연하게 발견되었다.

그 속에는 도마복음서와 도마행전 등 다량의 문서들이 있었고 복음서에는 하나님에 대한 믿음과 소망에 관한 내용으로, 하늘의 섭리와 뜻이 이루어지기 위해 땅에서 해야 하는 수고와 사역에 대해, 그리고 인류구원을 위해 간구하는 내용들이 많았다.

특히 그것과 관련하여 도마가 스승인 예수와 나눈 질의응답식의 이야기들이 많이 있었고, 믿음의 생활과 관련하여 순결한 생활, 금욕주의(禁慾主義)적 생활을 강조하는 부분들이 많았던 것으로 보인다.

그리고 도마행전에 관련하여, 책에 많은 부분의 내용들이 분명치 않고 사실성이 부족하다는 의견들이 많았으나, 그동안 인도의 인더스강 주변에서 발굴된 유적과 유물 중, 당시 도마가 처음 방문한 빠르띠아왕국의 왕인 군다포로스왕의 얼굴이 새겨진 당시 주화인 동전들이 발굴되었고 또 다른 동전에는 삼지창을 든 시바의 모습이 새겨져 있소, 분명하게 당시의 역사적 사실과 도마의 행적과 동선이 일치함을 보여주고 있다.

도마의 믿음과 종교적 가치관은 확실하였다. 그동안의 구전이나 서술된 문헌들을 살펴보면 실증주의자로서 그의 가치관과 사도로서의 삶의 철학은 분명하였고 그는 모두가 두려워하는 죽음에 관하여 제한된 육신을 벗고 자유를 얻는 해방이라 보았다.

그러한 그의 신앙관은 성결한 삶과 절제된 믿음의 생활만이 죽어서 하늘에서 보상을 받을 수 있으며, 그러한 확실한 믿음과 사도로서의 사명감이 가장 먼 곳까지 가서 사역을 하면서 온갖 핍박과 어려움 속에서도 굴하지 않고, 꿋꿋하게 이겨나가며 결코 죽음을 두려워하지 않고 복음을 위해 모든 것을 감내(堪耐)하게 하였다.

그는 스승으로부터 받은 지상명령의 사명을 완수하고 다시 인도로 돌아가 마즈다이왕에 죽임을 당할 때에도 전혀 동요하지 않았고 왕에게 죽임을 당하기 위해 여기에 왔노라고 당당히 말하며 죽음을 기쁨으로 맞이한 것이다.

『사도들의 교훈』 책을 보면 시리아어로 씌어져 사도들의 신앙적 계승과 사역에 관해, 그들이 얘기하는 교훈들이 기술되어 있는데 야고보가 예루살렘에서, 시몬이 로마에서, 요한이 에베소에서, 마가가 알렉산드리아에서, 안드레가 브르기아에서, 누가가 마케도니아에서, 도마가 인도에서 보낸 서신들로 이루어져 있으며, 사역지에서의 힘든 상황과 선교하는 데 있어 마주해야 하는 핍박과 고난, 그리고 주의해야 할 사안과 교훈들을 이야기하고 있다.

도마가 인도에서의 선교활동에 대해 그의 선교를 칭송하는 '람반의 노래'가 있었는데, 그것은 세례받은 람반이라는 믿음의 형제가 만든 것으로 도마가 인도에 도착하면서부터 순교할 때까지의 행적과 헌신적 사역에 대해 찬양하며 부른 찬송이다.

케라라주에서 선교할 때에 짧은 기간임에도 불구하고 삼천 명이 넘는 사람들이 그를 따르며 개종하였고 그는 거기에서 7개의 교회를 세우고 2명의 감독까지 선임하여 맡겼는데 그것은 교회에서 처음으로 제정된 성직자의 직급이라고 볼 수 있다.

도마는 스승의 가르침대로 땅끝에 이르러 내 증인이 되라는 미션과 천국복음을 위한 사역에 최선을 다했고, 선교를 떠나기 전 불안해하던 그에게 예수가 꿈에 나타나 '어디를 가나 너와 함께할 것이니 염려하지 말고 복음을 전하는 데 최선 다하라.'는 당부와 함께 바로 선교여행을 떠나 천국복음을 선포하며 지상명령의 사명을 완수하였다.

그리고 이스라엘의 잃어버린 양들을 찾아가라는 가르침을 충실하게 행하면서 선교를 하는 데 있어 주로 유대 마을과 회당을 찾아다니며 복음을 전하였고, 가는 곳마다 천국복음을 선포하고 우리가 고대하던 메시아가 이 땅에 오셨다고 증거(證據)하였다.

도마에 대한 기록들이 많지는 않지만 그가 사역한 곳마다 남겨진 유적과 유물들이 오늘날까지 보존되어 보여주고 있고, 특히 마지막으로 사역한 타밀나두주 첸나이에는 그가 순교한 도마언덕과 도마의 묘가 있는 산톰대성당 등의 유적들이 있다.

그리고 그가 박해(迫害)를 피해 산속에 들어가 동굴 속에서 생활하면서 기도할 때 두 팔을 올려 기도하던 바위 제단, 순교할 때 그가 조각했던 십자가를 붙잡고 기도했다는 피 흘린 십자가들이 있다.

이렇듯 도마는 어렵고 힘든 사역을 수행하는 중에도 매 순간 기도를 놓지 않았으며, 병든 사람들을 찾아 치유해 주고 귀신을 쫓아내 그들의 영육을 구원하는 신유와 축귀(逐鬼)의 사역을 게을리하지 않았다.

당시 제정일치(祭政一致)의 관행 속에 토속신앙과 조로아스터교와 힌두의 다양한 신들을 믿고 있었던 인도의 사회적 분위기와 상황에서 그들 속으로 들어가 선교하는 것은 매우 힘든 일로, 목숨을 걸어야 하는 어려운 사역임에도 불구하고 그는 오직 스승과의 약속과 자신에게 주어진 사명을 이루기 위해, 죽음에 초연하고 기쁜 마음으로 어떤 박해에도 두려워 않고 사역에 헌신했던 것이다.

그리고 마침내 사명을 완수하고 첸나이에서 마즈다이왕에게 처형당하며 순교(殉敎)함으로 1, 2, 3차 선교여행과 사도로서의 책무를 마무리한다.

제자들 중 가장 멀리까지 가서 복음을 전하였고, 한반도까지 와서 땅 끝 증인으로서의 사명을 완수하고 다시 인도로 돌아가 선교여행의 마지막을 첸나이에서 맞이한 것이다.

제6장

김수로왕의 혼례

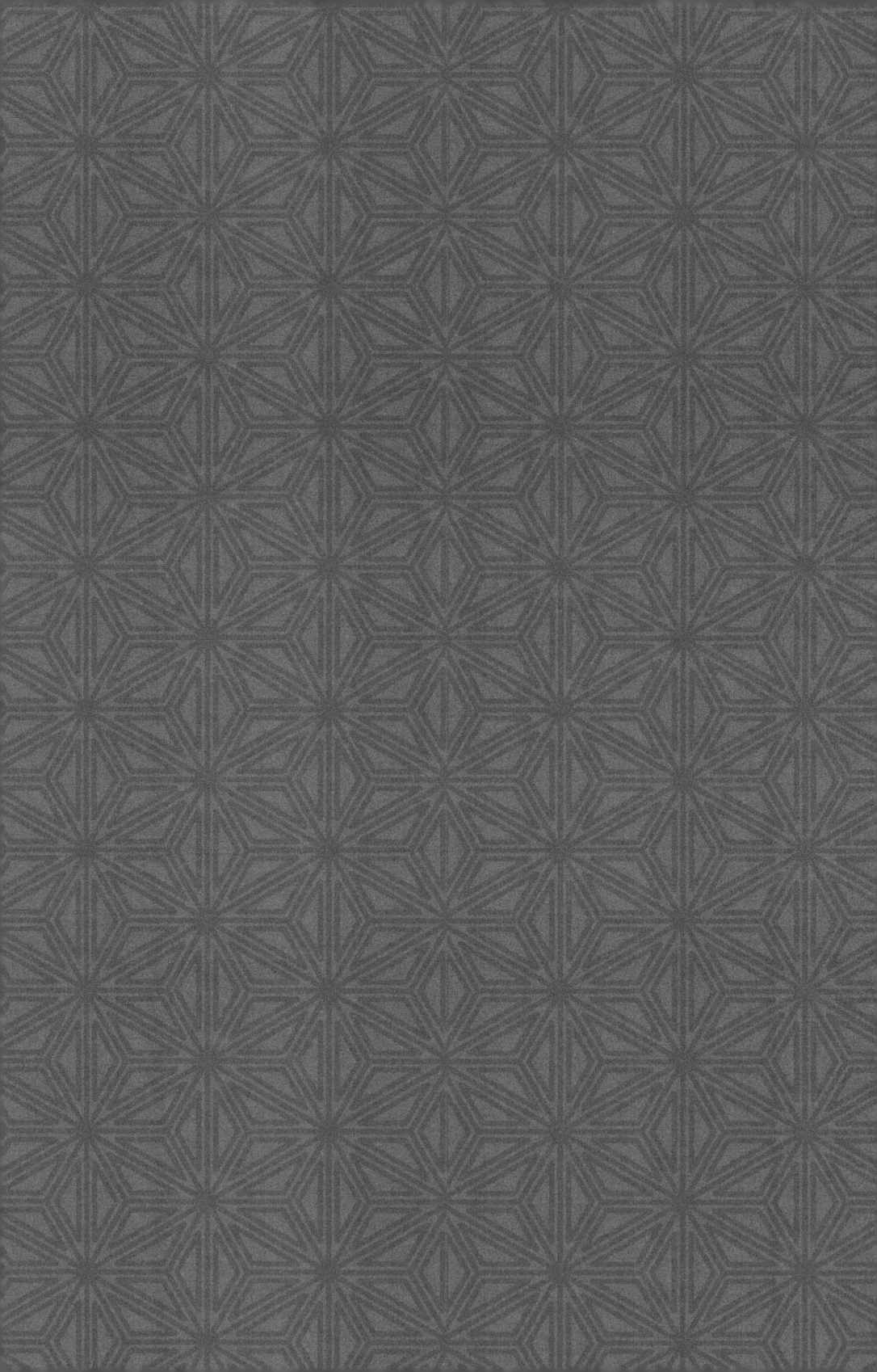

여기서 잠시 도마가 한반도에 왔었다는 이야기 중, 하나의 행적으로 그가 중매해서 혼례를 올렸다는 가야국의 김수로왕과 인도 아유타국의 허황옥 공주와의 관련한 얽혀진 이야기와 사연들을 한번 들여다볼 필요가 있어, 그들의 혼례까지의 과정과 내용들을 살펴보기로 한다.

전설 같은 이야기이지만 그러나 전후좌우의 사정을 알아보고 구체적인 정황들을 종합해 보면 김수로왕과 인도에서 온 허왕후의 혼례가 도마의 중매에 의해 이루어졌다는 얘기는 허황한 전설이나 설화 같은 이야기는 아니다.

당시는 오늘같이 교통편의나 통신도 없고 왕래가 거의 없는 상태에서 한반도 가야국의 수로왕과 인도의 아유타국의 공주가 만나서 결혼한다는 것은 당시 상황으로서는 거의 불가능한 이야기다.

지금으로부터 이천 년 전, 아무런 연고나 왕래가 없는 두 나라의 왕과 공주가 수만 리 거리를 두고 서로를 알거나 만날 수 있는 방법은 거의 없기 때문이다.

오늘날같이 SNS가 있어 그것을 통해 서로를 만날 수도 없는 시대였는데, 그렇다고 일국의 공주가 목적 없이 황량한 바다 위를 배를 타고 무작정 길을 떠났을 리는 없었을 것이고 더군다나 바다에서 표류해서 떠내려오다가 우연하게 가야국에 정박하여 두 사람이 만나게 된 것은 더더욱 현실성이 없는 얘기다.

왜냐하면 허왕후가 타고 온 배에는 인도에서 준비한 혼수와 신랑에게 선물할 각종 금은보화가 가득했고 시중드는 하인과 배를 운항하는 사공 등 수십 명을 태우고 온 배는 결혼이라는 분명한 목적을 가지고 왔기 때문이다.

그 얘기는 이미 혼례를 위해 만반의 준비를 한 것으로 분명한 목적을 갖고 운항한 배로서, 누군가 확실하게 믿을 수 있는 사람이 중간에 있어 그를 믿고 차질 없이 준비를 해서 거친 파고를 헤치며 죽을지도 모르는 수만 리 길을 달려온 것이다.

수만 리 떨어져 살고 있던 두 사람이 만날 수 있는 방법은 오직 한 가지뿐이다. 그렇지 않고서는 어떠한 설명으로도 납득될 수 없는 일이며, 그러나 그 이야기는 전설이 아니고 정설(定說)로 내려오는 분명한 역사적 사실이다.

그러한 연유로 오늘날까지 김해김씨(金海金氏) 후손이 번성하여 그들은 매년 김해에서 기념행사를 갖고 그들의 시조(始祖)인 김수로왕과 허왕후를 위한 제(祭)를 지내고 있다.

후손들이 번성하여 그들의 시조(始祖)를 기리기 위해 매년 행사를 열고 제를 지내며 의례(儀禮)를 지키는 것은 살아있는 역사로서, 김수로왕과 허왕후가 부부가 되어 12명의 자녀를 낳았으며 후대가 번성하여, 그 후손들이 그들을 기리고 기념하기 위해 매년 행사를 열고 있기 때문이다.

만일 두 사람의 만남과 혼례가 가설(假說)이었다면 후손들이 지금까지 매년 김해에서 의례를 지내거나 제를 지낼 이유가 없다.

그러니 우리는 김수로왕의 혼례와 당시 가야국에서의 일들을 전설(傳說)이나 구전적(口傳的) 이야기로 치부할 것이 아니고 그 배경과 사실들을 살펴볼 필요가 있다.

가야연맹은 한반도 남단에서 500년 이상을 존속한 부족국가로, 한반도에서 삼한과 삼국시대를 거치면서 정상국가로서 영위(榮位)하였다.

그렇게 국가로서 조건을 다 갖춘 일국의 왕이 국가에서 왕이 왕비를 고르는데 아무나에게 얘기를 듣거나, 그를 믿고 혼례를 부탁하지는 않았을 것이고, 특히나 공주를 시집보내는 국가에서는 하나밖에 없는 딸을 지나가는 상인들이나 잘 알지도 못하는 사람의 얘기를 듣고 먼 데까지 출가시킬 수 있는 상황은 더더욱 아니었기 때문이다.

더구나 일국의 공주를 무작정 배를 태워 알지도 못하는 곳으로 수만 리 길을 혼례를 위해 보낸다는 것은 상상도 할 수 없는 일이었을 것이다.

그것은 분명히 양쪽 국가 왕족을 움직일 수 있는 꽤나 비중이 있는 사람이 있었고, 양쪽 모두를 잘 아는 사람이 있었기에, 그를 믿고 그를 통한 혼례를 원하였기 때문에 가능한 일이었다.

국가의 최고 행사인 왕가의 혼례를 치르기 위해서는 서로 잘 알고 인정하고 믿는 사람이 있었기에 그를 신뢰하고 그의 중보로 혼례를 올리기를 원하였을 때 가능한 일이다.

또 한편으로는 당시 인도와 한반도를 오가며 그런 일을 할만한 사람도 없었거니와, 물론 교역하는 상인들이 오갈 수는 있었겠지만 그들이 왕궁에 들어가 그만큼 중요한, 국가의 운명을 좌우할 수 있는 중대사를 얘기할 만한 사람은 없었을 것이다.

양쪽 왕궁에서도 그러한 국가지대사(國家之大事)인 혼례를 결정하는 데 있어 아무나 와서 얘기하는 것을 허락하지도 않겠거니와 신뢰하지도 않앉을 것이고, 다시 얘기하면 그런 일을 할 수 있는 사람은 양쪽 왕가(王家)에서 전적으로 믿고 따를 수 있는 사람이 아니고는 할 수 있는 일이 아니었기 때문이다.

도마는 달랐다. 도마는 이미 제1차 선교여행으로 인도에서 사역하면서 당시 제정일치(祭政一致) 사회에서는 우선 왕이나 지배층을 상대로 복음을 전해야 했고, 그리하여 그들로 하여금 인정을 받아야 그 나라 백성들이 그 종교를 믿도록 허락되었기 때문에, 그는 부득불 전도를 위한 선교활동을 하면서 일반 국민들보다는 우선 왕이나 제사장 또는 지배층을 만나 그들과 교류하면서, 그들에게 우선적으로 복음을 전하고 종교를 허락받기 위해 혼신을 다했을 것이다.

그런 연후에야 비로소 그 나라 백성들에게 선교가 가능하였고, 선교활동을 할 수 있었기 때문이다.

그런 사유로 그는 제1차 선교여행 도중 인도 동북지역의 아유타국을 방문하여 국왕을 만나 복음을 전하고, 선교를 했던 것이다.

그러는 한편으로, 도마는 한반도에 유대 10지파 중 일부가 초원의 길을 거쳐 만주지역에 부족국가를 세우고 살면서, 그들의 일부가 다시 한반도 남쪽까지 내려와 살고 있다는 것을 알고 있었고, 그래서 1차 선교여행 도중 말라카해협을 거쳐 한반도 남단 김해 쪽으로 입경하여 가락국 왕인 수로왕을 만나 세례를 주고 복음을 전하면서 친숙해져 서로를 잘 알고 있던 터였다.

그러면서 그에게 순결과 청결한 생활을 주문하였고, 이에 수로왕은 도마를 전적으로 믿고 따르며 그의 말대로 총각 왕으로 지내며 그에게 혼례를 부탁하고 기다린 것이다.

그러한 상황에서 한반도에서의 선교활동 중, AD48년 예수의 어머니 마리아의 죽음으로 장례식에 참석하기 위해 예루살렘으로 가는 길에 자신이 복음을 전했던 인도의 아유타국에 들러 세례를 준 국왕을 만나 가야의 김수로왕 얘기를 하면서 공주와의 혼례를 주선했을 것이다. 그러나 처음에는 완곡하게 거절당했다 한다.

왕은 도마는 믿었지만 하나밖에 없는 외동딸을 그 먼 데까지 시집보내기에는 부모로서 선뜻 마음이 내키지 않았던 모양이었다.

그렇게 갈등하고 있던 차에 밤에 꿈을 꾸는데 꿈속에서 동방(東方)에 커다란 태양이 떠오르며 환하게 천지를 밝혀, 너무 눈이 부셔 두려움에 떨고 있었는데 "동쪽에 네 딸을 위해 예비해 둔 신랑이 있으니 그에게 딸을 시집보내라."는 하나님의 음성이 크게 들렸다.

이에 왕은 마음을 바꾸고 도마를 불러 그의 말대로 공주를 가야국의 왕에게 시집보내겠노라 하고, 혼례를 허락한다.

왕은 하나밖에 없는 공주를 알지도 못하는 수만 리 먼 곳으로 보낸다는 것이 처음에는 내키지가 않았지만 꿈을 꾸고 나서 다음 날 바로 도마를 불러 수로왕과의 혼례를 허락한 것이다.

그리고 왕은 국혼(國婚)에 버금가는 각종 금은보화와 혼수를 준비시켜 배에 가득 싣고 시종(侍從)들과 사공 수십 명을 태우고 수만 리 떨어진 한반도 땅으로 출항시킨다.

오직 도마를 믿고 또 꿈에서 하나님의 음성을 듣고 결심하여 실행한 것으로, 자신에게 천국복음을 전하고 병든 자를 고치고 귀신을 쫓아내며 하늘의 역사를 보여준 도마를 믿었기 때문에, 그의 제안을 수락하고 머나먼 이국땅으로 공주를 보낸 것이다.

그러한 당시 얽혀진 인연들과 정황으로 볼 때, 양국에 복음을 전한 도마가 혼례를 성사시킨 것이 거의 결정적이며 또, 그 이외에는 그런 일을 할 수 있는 사람이 당시에는 없다고 볼 수 있다.

그러한 여러 정황으로 살펴볼 때, 도마가 김수로왕과 인도 아유타국의 공주, 허황옥을 중매하여 혼례가 성사되었다고 감히 말할 수 있으며 그런 도마의 노력으로 가야국과 아유타국이 기독국가로 초석(礎石)을 세우고 출발할 수 있었으며 그때의 사적(史蹟)이나 유물들이 지금까지도 양쪽 지역에 많이 남아있다.

기록에는 AD48년 5월경 갠지스강 유역에 있는 인도 북부의 아유타국을 허왕후 일행이 출발하여 그해 7월 27일(음력)에 김해 부근의 별포진에 상륙하였다고 하는데 그것은 쿠로시오해류(黑潮)를 따라 아라비아해에서 인도양을 거쳐 말라카해협과 한반도와 일본까지 오는 뱃길을 따라온 것으로 추정할 수 있다.

그때 허왕후가 가져온 여러 종류의 재배를 위한 씨앗들이 있었는데 그 중 제사에 올리기 위해 가져온 녹차 씨앗을 처음으로 재배해서 가야에 퍼트리기 시작하여 지금은 모두가 즐기고 좋아하는 차가 되었는데 그녀가 인도에서 즐겨 마시던 녹차의 씨앗을 가져와 가야에서도 차를 마시기 위해 재배하였으므로, 그때부터 한반도에 녹차가 보급되었다고 한다.

가락국기(駕洛國記)에도 녹차와 관련하여 언급한 부분이 있는데, 수로왕과 허왕후의 아들인 금관가야의 2대 왕인 거등왕(居登王)이 제를 올릴 때 녹차와 술과 음식을 제수로 사용했다는 기록이 있다.

그리고 그때 가져온 각종 금은보화와 배의 중심을 잡기 위해 싣고 온 돌들과, 특히 기독교 오병이어의 상징인 쌍어문과 조각들이 지금까지 남아있다.

당시 역사적 사실들은 일연(一然)의 삼국유사(三國遺事)나 가락국기(駕洛國記)에도 나와 있는데 그 내용은 한반도 남단에 정착해 살고 있던 원주민들과 북방에서 내려온 사람들이 그들과 함께 부족연합을 형성하여 살았으며, 사람들의 숫자는 거의 7~8만 명에 이르고 청동기문화(靑銅器文化)시대로 농경사회(農耕社會)를 이루고 살았는데, 당시 신체조건이 뛰어나고 높은 문화 수준을 가진 북방계통 사람들이 지배층을 형성하면서, AD42년 부족국가를 세워 562년까지 500년 이상을 존속하였다고 기록되어 있다.

그것은 가야연맹에 대한 기록으로, 가야의 시작이 도마가 한반도에 입경하여 사역을 시작한 시기와 거의 비슷하다.

당시 난생설화(卵生說話)로 표현되는 가야와 신라의 건국신화의 내용이 의미하는 것은 기존에 살고 있던 원주민들과는 구별되는, 외부에서 들어온 독특하고 이방(異邦)적이며 문화 수준이 높았던 북방계통의 사람들을 가리킨 것으로, 달걀에서 나온 사람으로 비유적으로 이야기한 것으로 볼 수 있다.

그들은 우랄과 알타이산맥을 넘어 동진하다가 만주지역에 부족국가를 이루며 유목민족으로 살았고, 이들 중 일부가 한반도 남쪽까지 내려와 원주민들과 합류하면서 그들이 영유하던 선진화된 문화와 수준 있는 생활양식들을 들여와 부족국가연맹을 형성하면서, 부족국가의 왕으로 등

극한 것을 비유적으로 묘사한 이야기라고 할 수 있다.

또한 동이전(東夷傳)에는 그들을 가리켜 키가 크고 의복이 깨끗하며 높은 문화 의식을 갖춘 사람들이라고 표현하였다.

당시 삼한시대의 상황들이나 가야연맹 등에 대한 이야기와 문화와 관습, 사회제도 등 관련한 기록들이 삼국유사(三國遺事)나 가락국기(駕洛國記), 가야사(伽倻史) 등의 문헌에 나와 있고 가야국 수로왕에 관련한 이야기와, 그가 가야국을 건국한 것과 허왕후와의 혼례 등 가야국의 유래에 관한 내용들이 상세히 기술되어 있으며 지금까지도 김해와 인근지역에서 가야연맹과 당시 부족국가들의 유물들이 출토되고 있어 당시의 역사적 사실들을 뒷받침하고 있다.

도마는 1차 선교를 인도 북부 탁실라에서 처음 시작하였고, 그 후 갠지스강을 따라 북부 내륙의 아유타국까지 가서 선교하게 되는데, 거기서 아유타국 왕과 왕비에게 복음을 전하며 세례를 주고, 신하들에까지 세례를 주며 성찬을 베풀면서 기독국가로의 초석(楚石)을 놓는다.

그래서 그러한 배경과 연유(緣由)로 당시 아유타국의 국장(國章)이 오병이어의 기적을 상징하는 두 마리 물고기인 쌍어(雙魚) 그림이고 지금까지도 주 정부 문장(紋章)으로 내려오고 있다.

그러한 정황에서 아유타국에서 가야국으로 출가한 허왕후가 인도에서 나올 때 여러 문물과 물품들을 갖고 왔는데, 그중 쌍어문 그림과 조형물들을 함께 가야에 갖고 왔으며 지금도 김수로왕의 능인 납능(納陵) 정문 현판에 오병이어의 상징인 두 마리 물고기의 쌍어문 그림과 조각이 있고 김해 곳곳에서 쌍어 조형물들을 볼 수 있는데, 그들은 도마의 선교여행의 결과물로서, 그의 사역에 대한 흔적들로, 증거물로 보여주고 있는 것이다.

난생설화(卵生說話)는 왕을 신성시하여 달걀에서 나왔다는 신화적으로 묘사한 부분도 있지만, 다른 한편으로는 기독교에서 달걀이 부활과 새로움을 상징하는 것으로서의 그 의미도 있을 것이다.

그리고 허왕후의 능(陵)과 탑 앞쪽으로 크고 작은 돌들이 많이 있는데 그것은 우리나라 돌이 아니고 허왕후가 인도에서 올 때 배가 흔들려 배의 중심을 잡기 위해 배 밑에 넣고 온 돌들로 한반도에는 없는 돌이며, 지금도 그렇지만 인도나 중국에는 물이 안 좋아 차(茶)를 끓여 마셨는데 당시 한반도에는 차(茶)가 없었고 물이 좋아 차(茶)를 마실 필요가 없었으나, 먼 곳으로 이동하는 허황후 입장으로는 늘 마시던 차(茶)를 가야에서도 마시기 위해 씨앗을 가져온 것으로 볼 수 있다.

그 외에도 인도에서 애용하던 향신료나 약재들도 함께 가져와 사용하였으며 그 씨앗들을 심고, 재배하여 보급하였다.

그렇게 허왕후가 갖고 온 여러 물품이나 유물들이 지금까지도 보존, 전래(傳來)되고 있으며, 그들은 그녀가 인도에서 왔음을 반증하고 있는 것이다.

허왕후가 도마의 중신으로 가야로 출가할 때까지는 몇 가지 우여곡절과 고비가 있었는데, 처음에는 도마의 혼례의 제안을 수긍하면서도 국왕은 공주를 멀리 보낸다는 것이 마음에 걸려 완곡하게 거절하였다 한다.

그러나 밤에 꿈을 꾸는데, 꿈에 하나님이 그에게 가야국 수로왕은 내가 점지한 신실한 사람이니 그에게 공주를 출가시키라고 명한다.

이에 왕은 마음을 바꾸고 자신의 딸을 멀리 떨어진 동방의 제국 가야의 수로왕에게 출가시키기로 결심한다.

그리하여 제법 큰 배를 만들어 하인들과 사공 등 수십 명의 신하들과 금은보석들과 식량, 혼수들을 가득 싣고 공주와 함께 가야로 출항시킨다.

그러나 배가 출발하여 얼마 못 가 다시 돌아왔는데, 풍랑이 너무 거세 배가 요동치고 흔들려서 더 이상 나가지 못하고 돌아온 것이다.

그래서 왕은 다시 마음이 흔들리고 부정적인 생각이 자꾸 들어 가야로의 출가를 보류시키고 며칠 밤을 고민하였다 한다.

그러나 하나님의 뜻을 거역할 수도 없어 망설이던 차에 신하들의 의견을 받아들여 배 밑에 무거운 돌들을 싣고 다시 출항시켰고, 그 돌들은 지금까지도 김해 허왕후 능 앞에 놓여있다.

긴 여정 끝에 배가 김해 앞바다까지 왔을 때 사공들이 붉은 깃발을 올렸다.

그것을 기다리던 병사들은 붉은 기를 보고 일제히 기뻐하여 왕에게 알렸다.

AD48년 7월27일 저녁 무렵으로, 그러나 도착한 배는 더 이상 앞으로 나가지 못하고 늪으로 빠졌는데, 그 시간이 썰물시간이었기 때문이었다.

또다시 난관에 봉착하여 배가 꼼짝도 못 하고 그 자리에 서있었는데 한참 후, 가야국에서 부랴부랴 보낸 작은 배로 갈아타고 해안선을 따라 봉황동까지 올라와 겨우 육지에 도착하였다.

그러나 도착하자마자 공주는 배에서 내려 그를 맞이하는 가야국의 신하들을 물리치고 산으로 올라간다.

그 소식을 들은 수로왕은 황망히 나가 신하들에게 공주를 위한 예를 갖추고 혼례를 위한 만반의 준비를 하라고 명하고 자신도 예복으로 갈아입고 정중하게 신부를 맞이할 준비를 하였다.

산으로 올라간 공주는 서쪽의 아유타국을 향하여 절을 올리고 자신이 입고 온 비단옷을 접어 앞에 놓고 그동안 키워준 부모님을 위해 절을 올렸다.

그렇게 몇 차례의 고비와 우여곡절 끝에 가야에 도착하여 수로왕과 혼례를 올리게 된 것이다.

그렇게 가야땅에 도착한 허왕후는 안도의 숨을 내쉬면서 여기까지 무사하게 인도해 주신 하늘의 은혜에 감사드리고 다시 산에서 내려와 신부를 위한 의자(후파)에 조용히 앉아 수로왕을 기다린다.

의자에 앉아 조용히 기도드리고 있는 공주 앞으로 혼례를 위한 모든 준비를 마친 수로왕이 다가와 정중하게 인사하고, 그녀와 함께 준비한 식장으로 들어가 혼례를 올린다. 그리고 임시로 설치한 천막에 차려진 신방으로 들어가 합방하고 이틀을 지낸 뒤 왕궁으로 다시 들어가 공식적으로 왕궁에서의 왕과 왕비로서의 생활을 시작한다.

공주는 인도에서 올 때 가져온 각종 차와 녹차의 씨앗들을 사람들에게 나누어 주며 재배토록 하였고, 재배한 차를 성찬식에 올리고 하나님 앞에 예배와 성찬의 의례를 드렸다.

그 후, 가야국을 초대 기독국가로 이끌면서 수로왕과 함께 12자녀를 낳고 백성들에게 많은 은덕과 사랑을 베풀면서 국가를 번영시켰다.

이로써 수로왕은 나라의 기틀을 확립하며 부족국가로서의 초석을 다지고 국가 발전을 위해 혼신을 다하면서 백성들로부터 존경과 칭송을 받았으며, 안정되고 풍요로운 농경국가로의 가야국의 위상을 정립하였다.

수로왕이 국혼을 치르고 가야국이 부족국가로서 기독교국가로 출발할 수 있었던 것은 도마의 혼신을 다한 노력의 결실이었으며, 그의 완벽을 추구하는 실증주의적 성품을 다시 한번 보여주는 정황으로, 혼례를 위한 그의 주문과 요청으로 이미 양쪽 국가에서 사전에 충분한 협의가 있었던 것으로, 치밀하고도 철저하게 기획되어 준비된 혼례였다.

도마는 양쪽 국가의 왕들에게 복음을 전하고 세례를 주었으며, 사도의 직분으로 믿음과 신뢰를 바탕으로 혼례를 사전에 철저하게 준비시킨 것으로 보여진다.

수로왕과 허왕후는 그 후, 가야국 백성들을 잘 보살피고 다스리면서 각종 법령을 제정하였으며 국가로의 제도를 정비하고 사회적 규범과 법령 등을 완비하여 국가 백년대계(百年大計)의 기초를 다졌으며 슬하에 12자녀를 낳고 백년해로(百年偕老)하다가 각각 150세가 넘어 승하하였다.

그 후, 가야국은 한반도 남쪽에서 500년 이상을 영위(榮位)하면서 부족국가로서 발전하고 번영하였고 많은 문화적 유산과 유적들을 남겼으며,

지금까지도 영남지역에서 가야의 유적과 유물들이 출토되고 있다. 그리고 그것들은 현재 김해박물관에 고스란히 보존되어 있다.

제3차 선교여행은 도마가 인도 북동부지역에서의 1차 선교여행 도중 말레이반도를 거쳐 중국의 깊숙한 곳, 한반도에서의 사역에 대한 이야기다.

도마행전이나 복음서나 당시 기록들을 보면 도마가 1차 인도에서의 선교여행 중, 중국의 깊숙한 곳, 대륙의 동쪽 끝까지 갔다는 간단한 기록은 있으나 구체적인 내용들은 없었고, 물론 오래된 일이라서 자료나 증거들은 미흡하지만, 그의 동쪽 땅끝 사역의 발자취를 따라 그 흔적과 행적에 대해 살펴보기로 한다.

그가 예수의 가르침 중에 땅끝까지 이르러 내 증인이 되라는 지상명령을 실현하기 위해 예루살렘 동쪽 끝 한반도까지 와서 사역을 완수하고 돌아갔다는 내용의 제3차 선교는 히말라야산맥의 동쪽 끝, 행정구역으로는 인도의 동북부지역으로 미조람주와 미얀마 서북지역인 친주에 살고 있는 부족들을 상대로 선교를 하면서 시작된다.

예수는 제자들에게 "땅끝까지 가서 내 증인이 되어라." 하는 지상명령의 과제를 주면서 그를 위해 첫 번째로, 차라리 예루살렘에서 잃어버린 양들을 찾아가라고 주문한다.

흩어져 디아스포라로 살고 있는 유대민족을 찾아가 우선적으로 선교하라는 뜻으로, 그 내용은 민족을 차별하거나 가려서 선교하라는 얘기는 아니고, 세계 복음화를 위해 1차로 유대민족에 우선 선교하고, 그다음 그들로 하여금 이방민족에 전하게 하여 가급적 복음을 전하는데 언어소통이나 문화적 이질적 문제들의 장벽을 해소하고, 보다 효율적인 방법으로 빠른 길로 가자는 취지였을 것이다.

두 번째로, 가는 곳마다 천국복음을 선포하고 메시아의 현현(顯現)과 천국이 가까이 왔음을 알리라고 한다.

그리고 마지막으로 선교를 하면서 병든 자들의 병을 고쳐주고, 악령을 쫓아냄으로 하늘의 권능으로 영육을 구원하고 믿음으로 인도하라고 주문한다.

귀신을 쫓아내고 병을 고쳐줌으로서 당시 문맹률이 높고 토속신앙으로 복음을 전하는데 장벽과 애로사항이 많아, 설교하는데 이해를 잘못하는 사람들에게 직접 하늘의 역사하심을 보여주고 이적(異蹟)을 통한 믿음의 실체를 보여주기 위함이었을 것이다.

　이 세 가지를 제자들에게 당부하여, 제자들은 스승의 그러한 지상명령(至上命令)의 과제를 안고 미션을 위해 각지로 흩어져 사역에 임하였다.

　사도 도마도 이 지상명령을 수행하고 땅끝 증인이 되기 위하여 동으로 동으로 발길을 옮겨 마침내 동쪽 땅끝 한반도까지 온 것으로 볼 수 있다.

　또 한편으로 사도바울은 반대편 예루살렘 서쪽 땅끝 미션을 위해 유럽에서의 사역을 거쳐 마침내 예루살렘의 서쪽 끝인 스페인에서 서쪽 땅끝 사역을 완수한다.

　도마가 예루살렘의 동쪽 끝인 한반도까지 오게 된 과정과 배경을 살펴보기 위해 일단 그가 1차 선교여행을 떠나게 된 동기와, 그 출발점인 인도 동북부 지역과 미얀마 서북부에 위치한 미조람과 주변지역으로 선교를 떠난 과정과 사유를 알아봐야 한다.

　예수의 잃어버린 양들을 찾아가라는 가르침대로 험지로 산악지대인 인도 동북부 지역으로 갔는데, 그 이유는 BC722년 앗수르제국이 이스라엘과 주변국들을 침공하여 정복하게 됨으로 당시 이스라엘과 사마리아에 살고 있던 이스라엘 10지파 사람들이 유프라테스강 건너 앗수르지역으로 포로로 잡혀 와 그 지역 여러 곳으로 분산되어 생활을 하게 된다.

그 이후 BC612년 앗수르제국이 바벨론에 패망하면서, 그들은 이방 민족이 차지한 이스라엘 땅으로 다시 돌아가지 못하고 유럽과 아시아지역으로 흩어지게 되었고 일부는 동쪽으로 이동하면서 지금의 파키스탄, 카슈미르 튀르키에 등지로 이주하였고 그리고 일부는 더욱 동진하여 티벳을 거쳐 중국까지 들어가 지금의 개봉 쪽에서 유대 마을을 형성하며 디아스포라로 살게 된다.

중국땅으로 들어간 사람들은, 중국에서의 생활이 매우 어렵고 힘들었다는 얘기가 있으며, 노예로 살던 그들은 견디지 못하고 일부는 산속으로 들어가 동굴에서 생활하는 사람들도 많았다고 한다.

그러면서 중국에서의 생활이 어려워지자 그들 중 일부가 다시 운남성(雲南省)을 거쳐 미얀마 서북쪽으로 이동을 하였고 그 지역 친족 마을과 인도 미조람에 정착하여 부족을 이루고 살게 된다.

또 한편으로 10지파 중 일부는 동북쪽으로 이동하여 아르메니아와 그루지아를 거쳐 코카사스산맥을 지나 우랄산맥까지 이동하였는데 그들은 우랄산맥을 넘어 중앙아시아와 고비사막을 거쳐 중국 화북지역에서 기마민족으로 살다가 초원의 길을 따라 몽골과 한반도 국경 지역인 만주까지 와서 정착하게 된다. 그곳에서 여러 부족국가들을 형성하게 되는데 그중에서 가장 융성했던 국가 중에 하나가 고구려였다고 하는 학설(學說)

이 있다.

이전에 언론에서 인도 미조람지역의 사람들이 이스라엘의 10지파 중 하나였다는 내용이 기사화된 적이 있었는데 이들도 잃어버린 이스라엘 양들로, 10지파 중 하나인 므낫세지차 사람들인데 약 7,000명의 사람들이 2,700년 만에 고국인 이스라엘 다시 돌아가겠다고 귀환 신청했다는 내용의 기사였다.

도마는 그 사실을 이미 알고 있었고, 이천년전에 험준한 산길을 헤치고 그들을 찾아갔던 것이다.

당시 이동하는 주요 통로로는 이미 삼천 년 전, 솔로몬시대에 융성했던 국력을 바탕으로 동서 간 교류를 위해 개척한 루트로, 중동지역의 사막길을 가로질러 약대를 통한 중국 중원까지 이르는 실크로드가 있었고, 또 하나는 중앙아시아와 바이칼호수 북쪽으로 북위 50도 선상의 초원의 길을 통한 초원의 길 실크로드, 그리고 바닷길로 지중해, 아라비아해와 인도양을 거쳐 태평양에 이르는 쿠로시오해류(黑潮)를 이용한 해상길 실크로드가 있었다.

흔히들 우리 민족을 우랄알타이족이라 칭한다. 그것은 우랄산맥과 알타이산맥을 넘어 초원의 길을 따라 만주를 거쳐 한반도까지 내려온 북방계통의 혈통을 뜻하는 것으로, 말을 타고 초원지대를 누비며 살았던 북방계통 민족의 후예라는 뜻이다.

그들은 이스라엘의 잃어버린 양들로, 10지파 중 일부 세력이었는데 앗수르제국의 침략으로 이스라엘이 망하면서 그들에게 포로 생활을 하다가 다시 앗수르제국이 바벨론에 패망하면서 흩어져, 북쪽의 실크로드인 초원의 길을 따라 우랄과 알타이산맥을 넘어 중앙아시아 동쪽으로 이동하여 부족을 이루고 살았고 일부는 더 동진하여 지금의 몽골과 중국 만주지역에 여러 부족국가를 이루고 살았다.

그들 중 일부가 남진하여 한반도 남쪽까지 내려와 삼한시대를 주도하면서 지배계층으로 살았던 것으로 볼수 있다.

남방계통의 사람들과 원주민들이 정착해 살고 있었던 한반도 남쪽으로 북방계통의 유목민족이 내려와 함께 부족국가를 형성하였는데, 그에 관련한 내용으로 한반도에서의 부족국가 형성 과정에 대한 몇 가지 설화와 문헌들이 있다.

삼국유사(三國遺事)에 나온 내용으로 고구려의 시조라 할 수 있는 해부루(解夫婁)가 얻은 금빛 개구리 모양의 어린이인 금와(金蛙)의 이야기, 중국 후한서(後漢書)에 나온 이야기로 진(秦)나라에서 망명한 사람들이 한반도에 들어와 살았다는 이야기, 그리고 그 후 신라를 세운 박혁거세와 가야국의 난생설화(卵生說話)들은 당시 남방계통의 사람들보다 문화 수준이 높고 키가 크며, 여러 면에서 우월함을 갖추고 있는 북방계통 사람들이 내려와 왕권을 잡으면서 그들에 대해 설화 식으로 묘사한 이야기들이라고 볼 수 있다.

달리 생각해 보면 그 당시만 해도 사람들의 이동과 이주(移住)가 지금처럼 국경이 확실하게 획정(劃定)된 때가 아니라서 수월하였고 부족들의 이동도 대규모로 가능하였던 것이다.

북쪽의 실크로드인 초원의 길을 따라 양잠(養蠶)과 견직물(絹織物), 금과 은, 보석들을 교역하였는데 그들은 상당수가 유대 사람들이었다.

일부는 일본까지 건너가 교역을 하였는데 그들의 특징이 키가 크고 의복을 깨끗하게 입고 교육을 중시하는 높은 문화를 가진 사람들이라고 일본서기(日本書紀)나 동이전(東夷傳)에도 설명되고 있다. 이는 기독교인들이나 유대 사람들에게 볼 수 있는 특징이다.

이들은 한반도 남쪽까지 내려와 6부족의 대가야연맹을 형성하였고 당시 삼한의 부족국가 중 진한(辰韓)과 변한(弁韓)을 중심한 부족국가연맹을 형성하였으며, 이들 중 가야는 500년(AD42~562) 이상을 존속하였다.

그리고 이들 중 일부는 일본으로 건너가 일본에서의 지배계층을 형성하며 살았다고 전해진다.

　한반도에 당시 유대와 기독교 계통의 문물들이 유입될 수 있었던 것은, 우선 중앙아시아와 만주지역에 분포되어 있던 기마민족 중 상당수가 이스라엘의 10지파 후예들로 이들의 일부가 한반도까지 왔으며, 일부는 일본까지 건너간 것으로, 당시 실크로드를 통해 교역하는 상인들 중 상당수가 유대 상인들이었던 것에서도 알 수 있다.

　그러한 역사적 사실들을 배경으로 그 후, 도마가 한반도까지 찾아오게 되는데 도마가 한반도까지 올 수 있었던 것도, 당시 해상 실크로드 루트를 따라 바닷길 교역 통로를 이용해 인도를 출발하여 말라카해협을 지나 한반도에 들어온 것으로 추정할 수 있다.

　그러한 당시 여러 정황으로 볼 때, 도마가 인도에서의 1차 선교사역 중에 동쪽 끝 한반도까지 이동하는 데는 크게 어려움은 없었을 것으로 보여지며 인도에서 사역하면서 말레이반도에 유대 마을이 있다는 얘기와 더 나아가 한반도에 초원의 길 루트를 통해 이동한 유대민족이 살고 있다는 사실을 알게 되어 말레이반도 말라카해협을 거쳐 한반도 남단 가야국으로 입경한 것으로 볼 수 있다.

　그렇게 바닷길을 통해 한반도에 도착하여 선교활동을 시작하면서 우선 가야국의 왕인 김수로왕에게 세례를 주고 복음을 전하였고, 이서국,

감문국, 압독국, 사로국, 조문국 등 진한과 변한지역의 부족장들을 찾아 선교를 하면서 본격적인 한반도에서의 사역을 시작한다.

그 당시는 제정일치(祭政一致)의 사회로 종교를 전파하려면 지배계층, 부족장이나 왕들을 상대로 우선 그들에게 복음을 전하고 허락을 받아야 했다.

그 이유는 제정일치(祭政一致) 사회에서는 부족장이나 지배층이 갖는 종교가 그 부족의 전체 종교이고, 구성원들은 절대적으로 따라야 했기 때문에 우선 부족장이나 왕을 상대로 선교를 해서 허락을 받아야 부족 사람들에 대한 선교가 가능했기 때문이다.

부족국가 사회에서 부족장은 제사를 주관할 뿐 아니라 왕과 같은 존재로 절대 권력을 갖고 있어 사람들은 그를 신봉(信奉)하고 따라야 했으며, 특히 종교적 문제에 있어 부족장이 믿는 종교가 부족 전체의 종교이므로 부족에서 개인이 다른 종교를 믿거나 새로운 종교로 개종하는 것은 불가능하였다.

그 일례(一例)로, 구약에 4,000년 전 인류의 믿음의 조상 아브라함이 하나님의 명을 받고 따를 때, 하나님이 그에게 "너는 네 집과 네 부족을 떠나라." 하고 명령한 것에서 볼 수 있다.

당시 아브라함은 그가 살고 있던 부족에서 그들이 믿는 토속신앙으로부터 혼자 새로운 종교로 개종할 수가 없었고 그것은 불가능한 일이었기 때문에, 속해있는 부족에서 떠나지 않으면 안 되었고, 그렇지 않으면 하나님 앞에 믿음의 생활이나 하나님을 위한 어떠한 행위나 의례도 할 수 없었으므로, 부족을 떠나라는 명(命)을 내린 것이다.

그래서 아브라함은 하나님의 명을 따라 그가 살던 고향을 떠나기로 결심하고 그의 가족과 수많은 양들과 소 떼를 돌보고 있는 목자들 그리고 군대(약 318명)의 무리를 이끌고 메소포타미아에서 이집트까지 수천 리 길을 이동한 것이다.

당시 한반도 중남부지역 삼한의 상황을 보면, 78개의 소부족국가들이 모여 부족연맹을 형성하여 약 75,000여 주민들이 살고 있었는데, 그들은 그들 중에 특별히 뛰어나고 문화적, 의식 수준이 높고 품성이 좋은 김수로왕을 가야연맹의 왕으로 추대하였다.

당시 삼한(三韓)은 마한(馬韓), 진한(辰韓), 변한(弁韓)이 부족국가연맹으로 마한에 54개, 진한에 12개, 변한에 12개의 소규모의 부족국가들이 있었다.

그리고 삼한은 농경사회로 정치적 지도자와 제사장인 천군(天君)이 다스리고 있었는데 천군은 종교에 대한 의식과 의례를 주관하였다.

그러한 삼한은 동서를 잇는 실크로드의 동쪽 끝 지점에 있어 고대(古代) 무역과 교류의 종착 지역으로, 출발점이 이스라엘이면 삼한은 종점이었다.

그러한 연유로 유대 상인들과 유대지파 사람들이 그 길을 오가며 잦은 방문과 종교적 활동으로 당시 삼한의 종교가 유대교였다는 얘기가 있으며, 그 증표가 되는 일례로 레위지파 사람들이 이스라엘 요단강에서 매년 법궤를 메고 강을 건너던 법궤식을, 동서실크로드의 종점인 삼한에 들여와 그대로 행한 것으로 전해지고 있다.

그들은 매년 경산의 금호강에서 법궤(法櫃)를 메고 강을 건너는 법궤식을 열고 의식(儀式)을 행하였는데, 그때 강을 건너면서 부른 노래와 춤이 강강수월래이다.

축제를 벌이며 손에 손을 잡고 둥글게 돌면서 노래를 부르며 춤을 추었고, 보름달이 휘영청 밝은 금호강가에서 분위기를 한껏 띄우고 흥을 돋우며 법궤를 메고 강을 건너는 의식을 한 것으로 보여진다.

강강수월래는 그때부터 유래(由來)된 것으로 알려지며, 그 내용은 달빛 아래 법궤를 메고 금호강을 건너면서, 강물을 무사히 건너오라는 뜻으로, 지금까지도 불리어져 내려오고 있고 현재 무형문화재로 등재 되어, 그것을 지키기 위한 강강수월래 보존회가 있다.

그리고 당시 삼한에는 이스라엘의 도피소와 같이 똑같은 목적으로 소도(蘇塗)가 있었는데 그것은 당시 레위지파 사람들이 삼한에 들어와 천군(제사장)이 되면서 그들은 이스라엘서와 같이 삼한에도 지성소(至聖所)를 설치하여 그곳에서 제를 지냈으며, 그곳은 신성한 곳으로 죄를 짓고 그곳에 들어와 있어도 잡아가지 못하였다고 한다.

삼한지역 경산의 압독국, 경주의 사로국, 김천의 감문국, 의성에 조문국, 청도의 이서국, 그리고 강원도 태백의 소도리에 있었으며 이스라엘에서의 6개 도피소와 똑같이, 삼한에서도 같은 숫자로 분포된 것은 유대 레위지파가 주도한 것으로 동일하게 설치한 것으로 볼 수 있다.

유대의 초막절은 우리의 추석과 같은 날로 세계적으로 지키는 나라는 한국과 이스라엘 뿐으로, 그것은 구약의 약속대로 레위지파 제사장들이 매년 요단강에서 법궤를 메고 강을 건너며 의례와 의식을 행하였는데 삼한에서도 금호강에서 매년 행사를 하였으며, 그 후로 초막절 절기 행사가 추석으로 바뀌어 전래(傳來)되었다는 이야기가 있다.

그리고 경북 청송군에 가면 주왕산(周王山)이 있는데 그곳에 기암절벽 주변에 초대 기독교의 유적들이 발견되었는데 일부 학계에서는 그 주왕의 뜻은 주님을 상징하는 것이라고 해석하기도 하였다.

가락국기, 삼국유사 등의 문헌에 AD 42년경 김해 구지봉(龜旨峯)에서 난생설화(卵生說話)의 주인공인 수로왕을 중심으로 한 우월한 외적 요소와 문화적 소양을 갖춘 능력 있는 외래인(外來人)을 왕으로 모셔 나라를 구하자는 내용으로 구지가(龜旨歌)를 부르며 잔치를 벌였다는 기록이 있는데 그것은 당시 북방에서 한반도 남쪽으로 내려와 국가를 세우고 그들의 왕이 된 김수로왕을 축하하기 위해 마련한 축제의 자리로, 축제가 무르익을 즈음 김수로왕이 사람들 앞으로 나가 "하늘의 왕이 나에게 이곳으로 가서 나라를 세우라는 명을 내렸기 때문에 나는 그 명을 받들고 여기에 왔다."라고 축사를 하였고, 그들은 환영과 박수로 김수로왕을 맞이하면서 노래를 부르고 흥을 돋우며 축하와 단합의 잔치를 한 것으로 전해진다.

그와 함께 내려온 6명의 북방계통의 사람들도 부족국가의 왕으로 추대되었고, 김수로왕은 대가야연맹의 왕이 된다.

김수로왕은 소호국 김천씨의 후손으로, 그 부모는 일찍이 만주에 자리 잡았던 동이족(東夷族)의 맹주(盟主)였고 이 소호국은 북방의 부족국가로, 가야라는 말도 북방 부여 계열의 언어로 알려져 있다.

AD48년경 가야국에 구간(九干)들의 궁내 회의에서 대신들은 수로왕에게 혼인할 것을 간청하였으나 그는 "내가 이곳에 온 것은 하늘의 명에 따른 것으로, 왕후를 맞이하는 것도 하늘의 명이 있을 것이오."라고 말했는데 그 사연과 저간의 내용은 이렇다.

AD41년경 한반도에 도착한 도마는 한반도 남단 김해에서 사역을 시작하면서 낙동강 물길을 따라 거슬러 올라가 물줄기의 끝인 영주에 도착하였다.

영주에서 잠시 사역하고 청도에 있는 이서국으로 건너가 복음을 전하고 다시 김해로 돌아왔는데, 그때 신라의 전신(前身)인 사로국이 이서국을 공격하였다.

그 이유는 이서국 사람들이 하나님 아닌 다른 신을 모셔 와 받들고 숭배한다고 해서 그들을 공격하였다 한다.

참고적으로 이들 두 국가의 이름도 이서국은 이스라엘의 이스를 쉬운 발음으로 이서로 한 것이고, 사로는 이스라엘 국화인 샤론을 사로로 발음해 사로국으로 한 것이라 전해진다.

그런 내용들을 보면 그때 이미 유대의 명칭들이 한반도에 들어와 부족국가의 이름이나 지명으로 쓰이지 않았나 생각된다.

그러한 사로국의 공격으로 이서국 왕자인 뇌질청예(수로왕)가 피난하여 김해에 있던 도마에게 달려가 도움을 청하였는데 도마는 뇌질청예와 함께 온 병사들까지 영접하고 모두에게 세례를 주고 축복해 주면서 뇌질청예에게 수로라는 세례명을 준다.

  당시 김천이나 김해 쪽에 금이 많이 나와 수로왕은 금(金)을 성씨로 했다는 것과, 그가 만주 소호국 김천씨 후손이라 해서 성씨(姓氏)를 김(金)으로 했다는 이야기가 있는데, 그런 연유로 이름을 김수로(金首露)라 하여 왕위에 오르면서 국가의 이름을 오병이어 기적의 물고기를 상징하는 의미의 북방식 이름인 가야(伽倻)라고 짓는다.

  그리고 수로왕은 그를 구해주고 세례를 준 도마가 요청한 대로, 몸을 청결하게 하고 도마가 점지해 줄 신부를 기다리며 혼례를 하지 않았다고 한다.

  그 후, 도마가 인도에서 1차 선교여행 중 세례를 준 아유타국 국왕을 찾아가 요청하여 그의 딸인 공주를 김수로왕에게 중매하여 혼례를 치르게 된다.

  그렇게 도마는 한반도에서의 사역을 시작하면서 가야를 첫 기독교국가로 초석(楚石)을 세울 수 있었고, 수로왕에게 세례를 주고 혼례까지 주선하면서 가야국을 건국하는데 직, 간접적으로 영향을 미쳤으며, 깊숙하게 관여되어 있었음을 알 수 있다.

  그때 수로왕은 도마에게 자신은 신실한 사람이고 모태신앙의 신앙인

임을 고백하였는데, 그것은 그가 10지파의 후손으로서 우랄알타이족 혈통의 부족국가에서 태어나 한반도까지 내려온 유대 계통의 사람임을 고백한 것이라고 볼 수 있다.

그 이야기의 배경에는 2,700년 전, 이스라엘의 멸망으로 10지파 사람들이 흩어져 그들이 동진하여 초원의 길을 따라 몽골과 만주까지 이동하여 스키타이 기마민족과 연합하면서 한반도 북쪽 지역에 부여국을 세우고 왕성한 활동을 하였으며 이들 중 일부가 한반도까지 들어오게 된 것으로, 그러한 사연과 자신의 정체에 대해 이야기를 한 것으로 볼 수 있다.

또한 이들 중 일부가 일본에까지 진출하여 일본에서도 지배계층으로 부족국가를 세웠는데, 일본에서는 그들을 도래인(渡來人)이라고 불렀다.

도마는 예수의 가르침대로 잃어버린 양들을 찾아 한반도까지 온 것이고, 그들에게 세례를 주고 축복하며 복음을 전하였던 것이다.

땅끝까지 가서 내 증인이 되라는 스승의 명을 받들고 그것을 수행하기 위해 인도에서의 사역 중, 높은 파고를 헤치며 동쪽 땅끝 한반도까지 찾아와 김해 부근으로 입경하여 본격 사역을 시작하였는데, 사역하면서 남겨진 흔적과 유적들이 삼한지역 곳곳에 남아있다.

특히 김해에 있는 김수로 왕릉 정문 현판 양쪽에 쌍어문(雙魚紋) 또는 신어문(神魚紋)이라는 물고기 그림들이 있는데, 그것은 도마가 복음을 전했던 아유타국에서 공주인 허황옥이 김해 가야국의 김수로왕과 혼례를 하면서 들여온 아유타국 국장(國章)으로, 김해시를 다니면 쌍어문의 조형물들을 볼 수가 있는데, 쌍어문의 두 마리 물고기가 상징하는 것은 예수가 벳세다들에서 오천여 군중 앞에서 설교하면서 시간이 많이 지나자 점심과 저녁을 거른 배고픈 군중들에게 보리떡 다섯 개와 물고기 두 마리를 갖고 모두에게 배불리 먹였다는 이야기로, 기적을 얘기한다.

그 기적을 기념해 지금도 많은 기독국가들에서 쌍어조형물이나 그림들을 볼 수 있으며, 김해에 쌍어조형물이 많은 것도 도마의 중매로 기독국인 아유타국에서 허왕후가 가야로 갖고 온 것으로 도마의 선교와 사역의 흔적이다.

도마는 가야연맹의 부족들을 중심으로 복음을 전하면서 낙동강 물길을 따라 대구, 김천, 안동, 청송 등을 거쳐 영주에 도착하는데 그곳이 낙동강 물길의 끝으로 더 이상 갈 수 없다는 것을 알고 거기서 예루살렘의 동쪽 끝 사역과 사명을 이루게 된 데 대한 기쁨과 감격으로, 자신의 석상을 조각하여 세우고 히브리어로 자신의 이름을 새겨 넣는다.

그에게는 너무나 감격스럽고 감정이 북받치는, 영광스러운 땅끝 사역의 완성을 기념하는 성스러운 기념 푯대였을 것이다.

특히 스승의 지상명령인 땅끝까지 내 증인이 되라는 미션을 완수하기 위해 그동안 온갖 고초와 수난을 감내하면서 험난한 여정 끝에 한반도까지 와서 동서를 잇는 실크로드의 동쪽 끝인 영주에서 사명을 이룬데 대해, 말로 형언할 수 없는 감격과 감동으로 하늘에 감사드리고, 그 기념으로 석상을 세운 것이다.

그가 한반도에서의 사역 중 남긴 유적이나 유물들은 지금도 국립대구박물관, 경주박물관, 영남대박물관, 경북대박물관, 김해박물관 등에 남아 보여주고 있으며 특히 중앙박물관 경주박물관에 보관되어 있는 로만그라스는 당시 로마제국에서 사용하던 유리잔으로 이스라엘 헤브론에서 제작된 것인데, 그가 가야연맹에서 성찬식에 쓰기 위해 가져온 것으로, 세례의식과 성찬식에서 사용했던 것으로 추정한다.

그 외에도 김천에 돌절구통과 경산에서 발견된 또 다른 석상으로, 그가 조각해서 만든 옷 속에 어린양을 품고 있는 목자상과 두 손을 모으고 기도하는 성도상이 있다. 그리고 대구 달성공원 터에 나중에 달구벌로 발음이 바뀐, 쇠를 달구는 달구불 제철소(대장간)를 세워 강철로 철제도구들을 만들었는데 당시로는 매우 고난도의 첨단기술이며 공법이었으므로, 그것을 지키기 위해 제철소 주변에 성곽을 쌓았으며, 그 기초와 1층을 도마가 나무로 틀을 만들고 그 속에 조개껍데기를 넣어 그 위에 토성을 쌓았다고 한다.

그 성곽(達城公園)은 나중에 임진왜란 때 왜군의 북상을 저지하는 방패막이로 톡톡히 역할을 한다.

그리고 김해 봉황동에 고상 가옥을 지었는데 목수 출신인 그가 지은 건축물로 도마행전 51-58에도 기술되어 있으며, 고상 가옥 기둥에 방서판을 설치했는데 그것은 당시 유럽에서 사용하던 기술로 쥐가 집이나 곡식 창고에 올라가지 못하도록 기둥에 둥근 모양의 돌판을 설치한 것으로, 도마가 인도에 탁실라왕궁을 건축할 때 사용한 기술을 김해에서도 적용한 것으로 추정한다.

이 모든 이야기와 유적들이 도마의 동쪽 땅끝 한반도에서의 사역과 사실들을 뒷받침해 주고 있으며, 특히 삼국사기나 삼국유사, 가락국기 등의 문헌들은 당시의 정황과 가야국의 건국 과정 등의 내용들을 상세하게 말해주고 있다.

가야국의 건국 과정부터 깊숙하게 관여하여 가야라는 나라를 세우는데 일조(一助)한 도마는 북방계통의 김수로왕에 세례를 주고 인도 아유타국 공주와의 혼례를 주선하면서 기독국가로의 초석을 놓았고, 삼한에서 사역을 하면서 삼한지역 곳곳에 남겨놓은 유적과 유물들은 그의 한반도에서의 선교활동과 사역의 흔적들로, 부인할 수 없는 역사적 발자취인 것이다.

그러한 당시의 정황들과 유적들을 놓고 볼 때, 그의 한반도에서의 선교활동과 동쪽 땅끝 증인으로서의 사역은 거의 움직일 수 없는 역사적 사실로 그 가능성을 뒷받침해주고 있으며 그러한 예루살렘 동쪽 땅끝 한반도에서의 사역과, 3차 선교여행을 마치고 그는 다시 예루살렘으로 떠난다.

제8장

도마의 순교
(도마 연보)

이스라엘은 약소국가로 지정학적 위치 때문에 수없이 많은 주변 강대국들의 침략과 침탈을 받아 왔으며, 그들의 압제(壓制)와 수탈에 시달리며 순탄치 않은 역사의 길을 걸어야 했고, 아프리카와 유럽과 아시아를 잇는 교통의 요충지(要衝地)로서 교역의 중간 지대에 위치한 지정학적 요인(要因)으로 끊임없는 외세의 침략과 강점(强占)으로 힘들게 살아야 했다.

　도마가 태어날 때 이스라엘은 로마제국의 압제(壓制)와 수탈(收奪)속에 암울한 시기였고, 그러한 시대적 상황 속에 어린 시절을 보냈다.

　당시 유대의 젊은이들이 그랬던 것처럼, 도마도 숨이 막힐 듯이 답답함과 좌절감 속에서 새로운 돌파구를 찾아 나섰고, 그때까지 일상화된 유대교의 형식적 의례와, 권력과 결탁하여 순수성을 잃고 물질을 추구하면서 교리(敎理)에 집착한 그들에 염증을 느꼈을 것이다.

　그러한 시대적 분위기 속에서 절망과 좌절에 빠져있을 무렵 멀리 들려오는 광야에서 외치는 소리가 있어 귀를 기울이게 되었고, 그리고 그동안 들어보지도 못한 충격적이고 신선한 가르침과 말씀에 감화되어 그 길에 동참하게 되고, 그 길을 따라나서게 된다.

그러나 처음에 그에게는 예수의 가르침에 많은 의문과 회의를 갖고 있었으며 제자들 중 가장 많은 질문과 의문을 던졌다.

그래서 의심쟁이, 기회주의자로 낙인 찍혔지만 그러나 꼼꼼한 그의 성격 때문에 확신을 가질 때까지는 섣불리 움직이지 않고, 잘 알지 못하는 것에 대해 제대로 알 때까지 질문하여 의문을 풀어야 직성이 풀리는 완벽주의적 성품 때문이었을 것이다.

그런 그가 부활을 믿지 못하다가 결국 예수의 못 자국과 상처를 확인하고 그는 바로 무릎을 꿇고 "당신이 나의 주님이요, 하나님이시이다."라고 고백한다. 그리고 험난한 선교 여정에 나선다.

죽음을 각오하고 1차, 2차, 3차 선교 길에 나서, 생사를 넘나드는 숱한 어려움 속에서도 망설임 없이 꿋꿋하게 고난의 가시밭길을 걸어갔으며, 주저 없이 사도로서 순교자의 길을 택한다.

그는 1차 선교를 인도 동북부 지역, 잃어버린 이스라엘의 양들이 살고 있었던 미조람에서 시작하였고, 2차는 인도 동남부 케랄라 지역에서 사역을 하면서, 처음에는 조로아스터교와 힌두교의 방해와 핍박으로 선교에 많은 고비를 넘기며 어려움 속에 힘들게 시작했으나 시간이 지나면서 조금씩 희망적으로 사역을 이어 나갔다.

그러한 인도에서의 1, 2차 선교여행 중간에 3차 선교여행으로 일컬어지는 중국의 깊은 곳, 한반도에 오게 된다.

해상루트를 이용하여 말레이반도 말라카해협(海峽)을 지나 한반도 남단으로 도착해서 예루살렘의 동쪽 땅끝 한반도에서의 사역을 시작한다.

가락국을 시작으로 변한(弁韓), 진한(辰韓)땅을 중심한 부족국가들을 찾아다니며 복음을 전하고 영주에서 동쪽 땅끝 사역을 기념한 자신의 석상을 남기며 동쪽 땅끝 사역과 사명을 마치고 그는 다시 예루살렘으로 돌아가 예루살렘공의회에 참석하였고 회의를 마치고, 이번에는 인도 동남부 지역에서 마지막 선교여행을 시작한다.

그러나 힌두와 조로아스터교의 집요한 방해와 핍박이 갈수록 심해지면서 자신의 운명의 날이 다가옴을 예감한 도마는 거세지는 핍박과 박해를 피하여 산에 들어가 동굴에서 기도 생활을 하면서 낮에는 거리에 나가 사람들에게 복음을 전하였는데 마즈다이왕이 세간의 마법을 부려 사람들을 혹세무민(惑世誣民)한다는 소문에 그를 잡아들였다.

그는 왕 앞에서 "나는 본래 노예로 이 땅에 왔는데 내가 이 나라에 온 것은 불쌍한 사람들을 죄에서 구하고 천국으로 인도하기 위하여 왔노라."라고 큰 소리로 당당하게 말한다.

왕이 "너의 주인이 누구며, 어느 나라 사람인가." 물었을 때 "나의 주인은 나의 주님이시며, 당신의 주인도 되고 이 세상의 주인이시다." 하고 얘기하니 왕은 궁금하여 그에게 "그가 누구인가." 하고 물으니 도마는 "이 세상에서 그에게 붙여진 참된 이름은 없다. 그러나 그의 이름을 굳이 말한다면 그분은 예수 그리스도이니." 하고 말하였다.

왕은 더 이상 참지 못하고 "네가 혹세무민(惑世誣民)하고 사람들을 농락하고 다니면서 마법으로 현혹하는걸 더 이상 용서치 않겠다." 하면서 병사들에게 그를 끌어내라고 명령한다.

이에 도마가 "왕이 말하는 마법은 영원히 없어지지 않는 하늘의 마법입니다." 하고 왕의 눈을 직시하며 큰 소리로 외친다.

왕은 그때 주변에 도마를 따르는 사람들이 많았고 신분이 상류층인 사람들도 많고 해서 병사 4명에게 그를 산으로 데려가 처형하라고 명한다. 병사들이 그를 끌고 산으로 가는데 참관인으로 시포르장군과 와잔왕자가 따라갔다.

처형을 앞두고 와잔왕자가 병사들을 붙들고 설득하는 이야기를 하고 있었는데 도마는 조용히 마지막 기도를 드린다.

"나의 주님이시여 나의 소망이시며, 희망이시고 만백성을 다스리시는 주님, 오늘 나로 하여금 사역을 마치고 당신의 품으로 다시 돌아가오니 이제 자유함을 얻게 하옵소서."

그리고 나지막하게 병사들에게 말한다. "이제 당신들을 보낸 이의 명대로 일을 빨리 마치는 것이 좋을 것 같네."

그러자 4명의 병사들이 일제히 달려들어 그를 창으로 찔러 숨지게 하였다.

주위에 있던 도마를 따르는 사람들과 믿음의 형제들은 눈물을 흘렸고, 그들은 도마를 깨끗한 세마포에 싸서 부족장들 묘소에 안치(安置)하였다. 도마가 병사들에 의해 창에 찔려 죽고 나서, 그 후 이들의 증언으로 그 지역에 복음과 신앙이 널리 퍼지기 시작하였다 한다.

도마는 죽기 전에 그를 따르는 사람들에게 "나는 이 땅에서 얼마 안 있어 해방될 날이 오게 될 것을 기쁘게 기다리고 있습니다. 나는 예수의 종으로서 그를 섬기는 자입니다. 내가 고문을 받고 고통을 당하며 죽는다고 생각하면 안 됩니다. 눈에 보이는 죽음은 죽음이 아니고, 육신으로부터의 해방이요 영원한 자유를 얻는 시작입니다. 나는 기꺼이 죽음을 맞이할 것이며, 그날을 기쁨으로 기다리고 있습니다."

그는 처형당하고 나서 주변에 있던 사람들에 "나는 지금 여기에 없으니 나를 지킬 필요가 없지요. 나는 하늘로 올라가 내가 소망하던 것과 땅에서의 보상(報償)을 받았습니다." 하고 말하였다.

그렇게 그는 죽음을 피하지 않고 기쁜 마음으로 순교(殉敎)한 것이다.

처음에는 의문과 질문으로 시작한 그의 신앙생활이 확신을 가지면서, 오로지 그것을 위해 좌고우면(左顧右眄)하지 않고 한길을 걸었으며 고난과 핍박을 피하지 않고 즐겁게 받아들이며 스승과의 약속을 목숨보다 더 귀하게 생각하고 그 약속을 지키고, 지상명령의 과업(課業)을 완수하면서 마지막을 순교(殉敎)로 마무리하였다.

도마행전이나 복음서나 전해 오는 이야기나 행적을 보더라도 그는 죽는 날까지 스승인 예수와의 약속을 지키기 위해, 지상명령의 사명을 완수하기 위해 혼신을 다했고 한 영혼이라도 더 구원하기 위해 자신을 돌보지 않고 헌신하면서 죽는 날까지, 죽임을 당하는 그 순간까지도 그는 하늘에 기도드리며 감사와 기쁨으로 마지막을 맞이한 것이다.

그렇게 그는 믿음과 영적 가치관이나 사명감이 확실하였고 세상에 어떠한 고통이나 고행도 마다하지 않고 기쁘게 생각하였으며, 사도로서의 직분과 사명을 완수하고 생을 마친 것이다.

그는 순교하기를 바랐을 것이고 스승과 똑같은 길을 가기를 원했을 것이다.

그가 죽고 나서 그의 신유의 은사(恩賜)와 은혜를 입을 많은 사람들과 그를 따르는 사람들이 그를 기리며 눈물을 흘렸고 기도 드렸다.

그런 가운데 그가 순교한 뒤, 그를 죽인 마즈다이왕의 아들 중 한 명이 악령이 들어 증세가 심하여 치료도 못 받고 죽는 날만 기다리고 있었는데, 그때 왕이 신하들에게 "가서 도마의 묘를 파헤쳐서 그의 뼈를 가져와라. 그것을 아들에게 가져다 대면 틀림없이 나을 것이다."라고 하면서 그의 묘를 찾으라고 명을 내렸으나, 묘에 가보니 거기에는 이미 도마의 시신이 없었다. 그래서 하는 수 없이 왕은 도마 묘소의 흙이라도 가져오라고 해서 그 흙을 아들에 대고 "예수여 나는 믿습니다. 부디 아들을 고쳐 주옵소서." 하고 간절히 기도드리니 아들 몸에 빙의(憑依)되어 있던 악령이 물러나고 곧 치유가 되었다.

아들은 건강이 회복되어 왕자로서 왕을 대신하여 국정을 볼 수 있게 되었고, 더 적극적으로 국정을 돌보며 부친인 왕의 은혜에 보답하였으며 왕은 왕자를 회복하게 도와준 시포르장군에게 감사의 훈장을 수여하고, 장군과 함께 도마를 위해 기도드리며 하나님을 믿게 되었다.

그의 마지막 사역지인 인도 타밀나두주 최대도시인 첸나이에는 도마의 유적과 유물들이 많이 남아있다. 거기서 그는 힌두를 믿는 많은 사람들과의 충돌을 피하기 위하여 산속으로 들어가 기도 생활을 하였으며, 기도와 설교를 했다는 언덕이 있고 생활하던 동굴이 있다.

나중에 거기서 창에 찔려 순교함으로, 지금도 그것을 기념하기 위해 조성한 성도마언덕과 부근에 도마의 묘지가 있는 산톰대성당이 있다.

도마가 숨어서 기도한 동굴은 대략 길이 5미터, 넓이 4미터 높이 2미터가량의 좁은 동굴이며 굴의 남쪽으로 한 사람 기어서 갈 수 있는 작은 통로가 있는데, 통로로 햇볕이 들어와 통풍도 되고 좁고, 춥기는 하지만 산속에서 기도 생활하기에는 그렇게 나쁘지는 않은 곳으로, 그는 오래 기도 생활을 할 수 있는 장소가 필요했을 것이고, 그곳에서 기도 생활을 하면서 돌을 깎아 십자가도 만들고 간단한 생활 도구도 만들고 하면서 기거한 것이다.

그 작은 동굴 속에서 자신이 만든 돌십자가를 붙들고 기도하면서 병사들의 창에 찔려 순교(殉敎)한다.

이후에 사람들은 그 돌십자가를 피 흘린 십자가로 부르게 되었다.

의심으로 시작했던 그의 신앙생활이 믿음의 확신을 갖는 순간 그는 어떠한 고행도 마다하지 않았고, 힘난한 선교 여정을 걸어 왔으며 인도에서의 1, 2차 선교의 사역과 그리고 멀리 한반도까지 와서 땅끝 증인으로의 사명을 완수하면서 사역을 마치고 다시 인도로 돌아가 생의 마지막을 맞이한 것이다.

사도바울이 서쪽에서의 유럽과 이방(異邦)에서의 사역을 마치고 서쪽 땅끝 스페인에서 지상명령을 완수하였다면 도마는 동쪽 땅끝 한반도에서의 사명을 완수한 것이다.

그는 스승의 가르침과 명에 따라 '차라리 이스라엘의 잃어버린 양들을 찾아가라'는 선교의 대소완급(大小緩急)을 성실하게 수행하였고 그다음으로 '가서 하늘의 복음을 전하고 천국이 가까이 왔음을 선포하라'는 내용으로 선교를 위한 복음전파에 혼신을 다하였으며 마지막으로, 병든 자들의 귀신을 쫓아내 그들의 병을 고쳐주고, 축귀(逐鬼)와 신유의 은사를 베풀며 그들을 믿음으로 인도하면서 많은 사람들을 구원하고 하늘의 권능과 역사하심을 보여주었다.

그것은 예수가 그의 제자들에게 땅끝까지 가서 자신의 증인이 되는 것과, 자신이 한 것처럼 병든 자를 치유하고 귀신을 쫓아내, 그들의 영혼을 구원하라는 가르침을 충실하게 행하였던 것이다.

가는 곳마다 병든 사람들을 찾아 귀신을 쫓아내고 병을 치유해 주면서 영육을 구원하고 믿음을 갖게 하였으며, 힌두와 토속신앙을 믿는 사람들에게 유일신 하나님을 알리고 복음을 전하면서 그들을 일깨우고, 힌두와 토속신앙으로부터 많은 사람들을 개종(改宗)시켰다.

1차 선교여행을 떠나 빠르띠아제국의 지역인 인도 북부와 미얀마 서북부지역에서 사역을 시작하면서, 처음에는 낯선 곳에서 토속신앙과 힌두교의 거친 반발과 핍박으로 매우 어렵고 힘들게 시작하여 위기에 처한 적이 한두 번이 아니었고 그럴 때마다 이적(異蹟)을 행하면서 고비를 넘기고 사람들에게 하늘의 역사와 권능을 보여주면서 그들을 개종시키는 경우가 많았다.

그런 일례들은 1, 2차 선교여행 중에 여러 군데에서 볼 수가 있다.

처음에 그를 인도에 노예로 데리고 온 인도상인 압바네스를 따라 길을 가고 있는데 조로아스터교 사람들이 모여서 행사를 하고 있었다.

그들은 물을 손으로 들어 하늘에 뿌리는 의식을 행하고 있었는데 도마가 그들에게 다가가 궁금증으로 무슨 일을 하고 있는지 물어보니, 무리 중 한 명이 "당신이 물을 들어 하늘에 뿌릴 때 무지개가 나타나면 당신이 말하는 것은 다 믿겠소." 하고 말을 건넨다.

거기서 도마는 물러서거나 피할 수 있는 상황이 아니어서 그렇게 하겠다고 말은 했으나 두려움이 앞섰다. 그때 그는 가만히 속으로 기도드렸다.

"주여 이 손에서 물이 빠져나갈 때 이적을 베풀어 주옵소서." 간절한 기도를 마치고 손바닥으로 물을 퍼서 힘차게 하늘을 향해 뿌렸다 그랬더니 하늘의 내리쬐는 강렬한 햇빛을 받아 일곱 색깔 무지개가 선명하게 사람들 머리 위로 펼쳐졌다.

사람들은 깜짝 놀라 도마를 쳐다보았고, 순간 도마는 자신도 모르게 감사의 기도가 나왔다. 거기에 모인 사람들, 특히 조로아스터교인들은 도마를 진짜 하늘에서 보낸 사람이라고 경탄하며 개종할 뜻을 비추었다.

그리고 그 옆에 서 있던 조로아스터교 제사장을 향해 당신은 이제까지 우리를 속여 왔다고 하면서 그를 처단하자고 외쳤다.

또 다른 곳에서도 도마는 어려움에 직면하면서 이적(異蹟)을 행한다.

그것은 도마가 노예의 신분으로 상인 압바네스의 뒤를 따라 큰 성을 지나가는데 그날은 국왕의 딸, 공주의 혼례식이 있는 날이라 모두들 축제 분위기에 흥청거렸다. 왕은 누구도 이 행사에 불참하면 엄벌하겠다고 공표하고 모두 축제에 참여하라고 독려했다.

그 행사장으로 들어가는데 하객들에게 술을 나르던 한 시종(侍從)이 도마가 구석에 앉아 있는 것을 발견하고 그에게 다가가 "너는 노예 신분으로 일은 안 하고 그렇게 쉬고만 있으면 되느냐"고 추궁하며 다짜고짜 뺨을 때리고 밀치면서 죽일 듯이 달겨들었다.

그러자 도마는 그를 쳐다보면서 당신의 후대는 어떨지 모르겠지만 당신은 여기서 나가면서 나를 때린 그 오른손을 개들이 물고 올 것이오 하면서 그 시종과 주변 사람들에게 말하였다.

잠시 후, 그 하인이 물을 길으러 우물가로 나가는데 갑자기 사자 한 마리가 달려들어 하인을 물어 죽였다. 그러자 주변을 배회하던 검둥개 한 마리가 사자가 발기발기 찢어놓은 하인의 사지 중 오른팔을 물고 연회장(宴會場) 안으로 들어왔다.

사람들은 깜짝 놀라 물고 온 하인의 오른팔을 보며 당신은 하늘에서 온 사람입니까 하면서 도마 앞으로 모여들기 시작하였다.

거기서 도마는 내가 한 일이 아니요, 다만 하늘에서 여러분께 보여준 것이라고 하면서 그들에게 유일신이며 창조주이신 하나님에 대해 설명하고, 하나님을 아버지라 부르며, 그가 살아 역사하고 계시다는 것과, 믿음을 가질 것과 천국이 가까이 왔음을 알리면서 축복의 기도를 하였다.

또 하나의 이야기는, 그가 처음에 인도에 왔을 때 노예의 신분으로 왔지만 목수로, 석공으로서 자질과 재능을 인정받아 간다하르국의 군다포로스왕을 만나게 되는데 왕은 그에게 물어본다.

그대가 나의 왕궁을 지어줄 수 있는가 하고, 그때 도마는 "나는 나무로 집을 짓거나 돌을 다듬어 성을 만들고, 아름다운 궁전을 만들 수 있습니다." 하고 자신 있게 대답한다. 왕은 그럼 언제까지 왕궁을 지어줄 수 있느냐고 하고 물으니 "가을에 시작해서 봄에는 끝낼 수 있습니다." 하고 답한다.

왕은 보통 봄에서 가을까지 공사를 하는 게 정상인데 도마의 말을 듣고 처음에는 좀 의아하게 생각했다.

도마는 성터를 가리키며 여러 방향에서의 궁과 정문의 위치, 궁의 모양과 돌을 깎아 축조해서 어느 방향으로 창을 낼지에 대해서도 상세하게 설명을 하였다. 왕은 얘기를 듣고 만족해서 도마에게 더 이상 물어보지 않고 많은 양의 은화를 공사비로 주었다. 그리고 기다렸다.

그러나 공사를 아직 시작했다는 소식이 없어 신하들에게 가서 어떻게 하고 있는지 보고 오라고 했다. 신하들은 가서 보고 나서 왕에게 보고하였다.

아직도 공사는 시작도 안 하였고 도마는 길거리에서 불쌍한 사람들과 거지들과 병든 사람들을 돌보고 그들에게 돈과 의복을 나누어 주고 음식을 대접하고 있다고 보고하였다. 왕은 조금 더 기다려 보기로 하였다.

그러고 나서 얼마 후 다시 신하들에게 가서 또 보고 오라고 했는데 이

번에도 마찬가지였다. 그리고 신하들은 그가 사람들의 칭송을 받고 있으며 하나님에 대한 이야기와 천국복음을 선포하며, 천국이 가까이 왔다고 얘기하면서 다닌다고 했다.

시간이 한참 지났으므로 왕은 화가 나서 그를 잡아들이라 했고 도마는 그를 데려온 압바네스와 함께 왕 앞에 무릎 꿇렸다.

왕은 진노하여 "너는 공사비로 돈은 다 받아 가서 어디다 쓰고 어찌하여 궁을 짓지 않고 있느냐." 하고 호통을 쳤다. 그러고 나서 언제까지 궁을 완성하겠냐고 다그치니 도마는 "왕이시여, 지금은 볼 수 없고 왕의 생명이 끝나야 궁을 볼 수 있습니다." 하고 대답한다. 왕은 격노하여 당장 하옥하고 저들을 어떻게 죽일 수 있는지, 가장 잔혹한 방법을 찾으라고 명한다.

도마가 감옥에 있는 동안 왕의 동생이 도마 일행에 속은 것에 분을 이기지 못하여 화병으로 죽고 말았다. 죽고 나서 천사들에 의해 들려 하늘로 올라갔는데 거기서 천사들의 안내를 받아 왕궁을 보게 된다.

그것은 이제까지 볼 수 없었던 세상에서 가장 아름답고 훌륭한 궁전이었다.

그것을 보며 입을 다물지 못하고 감탄하고 있는데 천사들이 다시 그를 데리고 땅으로 돌아왔다.

그러면서 그는 꿈꾸듯이 다시 깨어났다. 그는 왕을 찾아가 자기가 보고 온 천상(天上)에서의 궁전에 대해 상세히 설명해 주었다. 왕은 깜짝 놀라 당장 도마를 당장 풀어주고 데려오라 명하고 어찌 된 영문인지 자세히 물어보았다.

도마는 전에 예수가 제자들을 모아놓고 하늘에서 살 집과 아름다운 궁전을 얘기한 것처럼, 왕궁에 대해 상세히 설명해 주었다.

왕은 도마의 이야기를 자세히 듣고 나서 감탄했다. 그리고 그일 이후로 그의 말과 하나님을 믿기 시작하였다.

그래서 그 사건 이후로 군다포로스왕을 비롯하여 그의 동생과 신하들 모두가 개종하게 되었고 도마는 그들의 도움으로 왕성한 선교활동을 할 수 있었으며, 사람들을 불러 모으고 천국복음을 선포하면서 말씀과 복음을 전하는데 혼신 다하였다.

그리고 예배를 위해 교회를 세우고, 메시아의 탄생을 알리면서 많은 사람들이 모여들었고 그들 중 상당수가 개종하면서 교회가 부흥(復興)하기 시작하였다.

도마는 인도에서 1, 2차 선교여행을 하면서 많은 핍박과 어려움을 겪었는데 특히 인도는 다신(多神)의 힌두신앙으로 도마가 전파하는 유일신의 기독교 신앙이 그들과는 크게 배치되었고 또한 그들은 죽었다가 살아

난 예수의 부활(復活) 사건을 받아들일 수 없었다. 또 철저한 계급사회인 그들의 통념상 평등사상과 희생적 사랑으로 남을 위해 봉사하고 헌신하는 기독 사상은 자신들의 종교관과 상충되는 허용될 수 없는 사상이어서 그들의 핍박(逼迫)은 당연하고 불 보듯 했다.

그래서 그들의 박해를 피해 도마는 산으로 들어가 작은 동굴에서 기도하면서 생활하였는데 동굴 크기는 한 사람이 겨우 생활하면서 운신할 수 있을 정도의 좁은 동굴이었다.

그 안에는 기도할 때 팔을 올려놓고 무릎을 꿇고 할 수 있도록 작은 바위가 있는데, 바위 위에 팔을 올려 기도하면서 생활하였고 반대쪽으로 작은 통로가 있어 그곳을 통해 햇볕이 들어와 창(窓)과 같은 역할과 통풍의 기능을 하였다. 그리고 동굴 천장 쪽으로 바위틈에서 물방울이 똑똑 떨어지고 있었는데 도마는 갈증 날 때마다 그 물을 받아 마셨다 한다.

동굴바닥으로 지금까지도 일정하게 물이 떨어져 작은 웅덩이가 만들어졌고, 가뭄이 들어도 마르지 않고 계속 떨어지고 있다고 한다.

도마는 작은 바위를 제단으로 만들어 거기에 엎드려 기도하였으며 마즈다이왕으로부터 핍박을 받아 죽임을 당할 때도 그 동굴에서 제단인 바위에 엎드려 기도하면서 웅크린 자세로 병사들의 창에 찔려 순교하였다.

지금까지 성 도마의 언덕으로 불리는 그곳으로 지구촌 많은 사람들이 찾아가 돌아보며 도마의 체취를 느끼고 있다.

그곳을 방문하는 사람들이 예배를 볼 수 있도록 예배당도 지어져 있고, 도마가 순교할 때 자신이 만든 돌십자가를 붙들고 기도하면서 창에 찔렸으므로, 순교할 때 흘린 피로 물든 그 돌십자가를 '피 흘린 십자가'라고 부르는데. 지금도 그 피 흘린 십자가는 도마 순교 기념 예배당에 보존되어, 관광객들과 순례자들로 하여금 당시 상황을 생생하게 느낄 수 있도록 보여주고 있다.

도마의 순교일은 AD72년 12월 19일로 되어 있는데 그날 창에 찔리고 3일 동안 고통 속에 기도드리다 12월 21일에 운명한 것으로 기록되어 있다.
그래서 도마의 순교 날자는 12월 21일로 정하여 기념하고 있다.

AD 2-27년 : 이스라엘 갈릴리 티베리아 마을에서 출생

　　　　　　 목수 일을 배우며 성장

AD 28-30년 : 예수의 공생애 동안 제자로 수행

AD 30-33년 : 에데사(튀르키에 우르파)에서 사역

AD 34-40년 : 제1차 선교여행으로 북인도 미조람(탁실라)에서 사역

　　　　　　 군다포로스왕궁 건축

AD 41-48년 : 한반도 삼한에서 가야국을 중심한 동쪽 땅끝 사역

AD 50-51년 : 예루살렘공의회 참석 후, 이디오피아, 소꼬타이섬 등지 순례

AD 52-72년 : 인도에서 제2차 선교여행, 타밀나두주 첸나이에서 순교

제9장

도마의 한반도 사역과 흔적

도마가 예루살렘의 동쪽 끝 한반도까지 와서 사역을 하고 선교활동 한 것에 대해 지금까지 밝혀진 자료나 유물들은 많지는 않다.

그러나 그동안 발견된 그의 유적과 유물들, 그리고 지금도 영남지역에서 발굴되고 있는 당시 도마가 활동한 가야연맹에서의 유물들과, 그가 한반도에서 사역하며 남긴 흔적들을 살펴보면서 그의 행적을 추적해 보기로 한다.

도마행전에서도 간략하게나마 중국의 깊은 곳에서의 사역을 언급하였는데, 그 깊은 곳이라는 곳은 대륙의 동쪽 끝 한반도를 가리킨 것으로 여러 문헌이나 자료들을 통해 알 수가 있다.

처음에 예수가 제자들에게 사도의 직분을 주면서 열방에 나가 복음을 전하라는 당부와 함께 선교에 대한 방향을 설명하면서, 땅끝까지 가서 자신의 증인이 되라는 지상명령의 과업과 함께 이스라엘의 잃어버린 양들을 찾아가라고 한다.

그 이야기를 풀이해 보면 이스라엘의 잃어버린 양들이라 함은 솔로몬 시대 이후, 이스라엘 땅을 떠나 전 세계로 흩어진 유대민족을 지칭하는 것으로, 특히 2,700년 전 앗수르제국의 침공으로 많은 유대 사람들이 포로가 되어 앗수르제국에 볼모로 잡혀 있다가 앗수르제국이 패망하면서 다시 이스라엘 땅으로 돌아가지 못하고 흩어진다.

그 후, 얼마 안 되어 바벨론의 침공으로 또다시 많은 유대 사람들이 중근동지역을 떠나 동유럽과 아시아지역으로 이동했는데, 그들 중 일부가 초원의 길을 따라 만주를 거쳐 한반도까지 온 것으로, 그렇게 흩어져 디아스포라로 살고 있는 유대 사람들을 지칭한 것으로 볼 수 있다.

결국 도마는 사도로서 인도와 아시아지역의 사역을 맡아 그들을 찾아갔으며, 그래서 인도 북부 미조람에서의 1차 선교여행을 하였고, 2차 선교여행 이전, 그들을 찾아 말레이반도를 거쳐 한반도까지 온 것으로, 그것은 10지파 중 일부가 한반도 남단으로 내려와 부족연맹을 형성하며 살고 있다는 사실을 알았기 때문일 것이다.

당시 한반도 남쪽은 남방계통 사람들이 해류를 따라 한반도에 유입되어 정착하면서 원주민들과 함께 청동기시대로, 농경사회를 이루며 살고 있었다.

그때 한반도 북쪽에 기마민족으로 살아온 북방계통 사람들이 남쪽으로 내려와 가야를 비롯한 부족국가연맹을 형성하며 지배층으로 자리 잡는다.

6명의 북방계통의 사람들이 부족국가 왕으로 추대되는데 그들은 우월한 외양적 요소와 한 단계 높은 문화적 소양을 갖춘 이들로, 그들 중 김수로왕이 대가야연맹의 왕으로 추대된다.

기존의 정착민들에 비해 키도 크고 이방적인 모습의 그들이 왕권을 잡으면서, 그들을 비유적으로 표현하여 난생설화(卵生說話) 같은 신화(神話)가 유래된 것으로 볼 수 있다.

그들은 서구적(西歐的) 문명과 문화 의식을 갖고 있었고 제를 지내고 하나님 앞에 의례를 지켰으며, 또한 가야에서는 기독교적 의식과 행사가 있었는데, 수로라는 이름도 북방계통의 기독교적 이름으로 으뜸 수(首) 자에 이슬 로(露) 자로 이슬처럼 깨끗한 사람들 중 으뜸이라는 뜻이다.

그들은 북방에서 하던 의식대로 한반도 남쪽에서도 지석묘와 고인돌 등에 제단을 세우고 제를 지냈으며 의식(儀式)을 행하였다.

그렇게 흩어져 살아온 유대지파의 발자취를 찾아, 나중에 도마가 동쪽 끝 한반도까지 찾아온 것으로 볼 수 있다.

도마는 가야국으로 입경해서 한반도에서의 선교활동을 시작하였으며 복음을 전하고 사람들에게 물로 세례를 주고 성찬으로 축복하였다.

그리고 낙동강 물길을 따라 대구, 경산, 김천, 안동, 청송 등지를 다니며 복음을 전하였고 낙동강 물길의 마지막인 영주(榮州)에 도착하여 자신의 동쪽 땅끝 사역과 사명을 이룬 데 대한 기념으로 자신의 석상(石像)을 만들고 이름을 새긴다.

히브리어로 자신의 이름을 새겨 넣으며, 벅찬 감회와 감동으로 동쪽 땅끝 사명을 이루었음을 기념한 것이다.

영주(榮州)는 당시 초원의 길을 통한 육지의 실크로드와 아라비아해, 인도양 그리고 태평양으로 연결되는 바닷길 실크로드가 만나는 종점 지역으로 동서 간 실크로드의 동쪽 끝 지점이다.

그는 당시 삼한지역을 순례하면서 그 외에도 경산에 목자상과 성도상의 석상을 조각하여 설치하고 성찬과 의례를 행할 때나, 예배를 전후해 사람들이 경건하게 그 앞에서 기도를 할 수 있도록 하였으며, 김천에 돌절구통, 추풍령고개에서 잠시 쉬어가면서 조각하여 만들어 놓은 행운을 상징하는 솟대와 쉼터 자리(도마의 숨결), 대구에 달구불이라 불리는 제철소(대장간)를 세우고 강철로 된 철기 도구들을 만들면서 제철소를 보호하기 위한 성곽(達城公園)을 축조 하였고 그 외에도 몇 가지 흔적들을 남기었다.

그러나 당시 유물들과 많은 자료들이 오랜 세월을 거치면서 손상되거나 유실(遺失)되었고, 특히 일제 강점기(强占期)를 거치면서, 일본의 우리 역사와 문화말살정책으로 고조선과 삼한의 당시의 많은 유물과 유적들, 자료들이 훼손되거나 사라졌다.

우리의 유구한 역사와 문화적 우월함을 폄하하고 자기들의 상대적 우월성을 내세우기 위해 정략적으로 정책을 실행하면서 많은 자료들과 유적들을 일본으로 가져가거나 폐기시켜 없앤 것이다.

그러한 시대적 상황을 겪으면서 도마에 관련한 자료나 흔적들도 훼손되거나 유실되어 지금까지 보존되어 있는 것이 얼마 되지는 않지만, 그래도 아직 남아있는 흔적과 유물들이 있어 다행이다.

그러한 일제의 우리 문화와 역사 말살정책에도 불구하고, 지금까지도 삼한시대의 유적이나 유물들이 발굴되고 있고 현재 국립대구박물관, 경주박물관, 경북대박물관, 영남대박물관, 김해박물관 등에 보존되어 있다.

삼국유사(三國遺事)와 가락국기(駕洛國記)에 보면 한반도 남단에 가야연맹이 성립되는 과정과 당시 생활상들이 상세히 나와 있는데, 당시의 가야의 문화나 생활 수준이 우리가 생각하는 것보다는 높았음을 알게 된다.

당시는 제정일치(祭政一致) 사회로 부족장이 죽으면 그가 평소에 쓰던 용품이나 애장품, 심지어 부인이나 종들까지도 함께 매장하는 순장제도(殉葬制度)가 있었다.

그것은 죽어서도 사랑하는 사람들과 아끼던 애장품들을 영원히 함께 할 수 있기를 바라는 순박하고도 간절한 염원(念願)에서 그렇게 한 것 같다.

그때는 제정일치(祭政一致)의 사회였기 때문에 제사장이 모든 일들을 결정하고 다스렸기 때문에 부족의 사람들은 무조건 그를 따라야 했다.

그런데 당시 쓰던 용품, 유물들을 살펴보면 종교적인 유물들이 많이 나오고 특히 동로마제국시대에 사용하던 도구나 장식품들과 동일한 유물들이 다량으로 발견됨으로, 그때 이미 삼한과 동유럽 국가들, 중근동 지역 국가들과의 교류가 있었던 것으로, 특히 이스라엘을 지배했던 로마제국의 유물들이 출토되는 것을 보면서 삼한시대에 동서 간 왕래와 교역이 활발했었음을 알 수 있다.

당시 한반도 남쪽에 살고 있었던 사람들은 주로 남방계통의 사람들로, 이들은 인도양을 거쳐 태평양을 가로지르는 쿠로시아해류(黑潮)의 물길을 따라 한반도에 유입된 것으로 추정된다.

그리고 그들은 본래 한반도에 살고 있던 원주민들과 함께 북방에서 내려온 키가 크고 건장한 외모의 북방계통 사람들과 부족국가를 형성하였는데 그들을 부족장으로 추대하여 부족연맹을 이루었고 대략 78여 개 소규모 부족국가들에 75,000여 사람들이 살았음을 문헌을 통해 알 수 있다.

AD42년경 김해 부근에 구지봉(龜旨峯)이라는 야산에서 난생설화(卵生說話)의 주인공을 왕으로 받들고 부족 사람들이 모여 구지가(龜旨歌)라는 노래를 부르며 잔치를 벌였는데, 그것은 김수로왕을 비롯해 북방에서 내려와 왕이 된 사람들을 위한 축제로, 왕이 된 그들을 축하하면서 부족의 앞날과 번영을 위해 단합을 위한 축제의 자리였다.

그때 축제를 위해 부른 노래가 구지가(龜旨歌)였는데 그 내용을 살펴보면 "거북아 거북아 네 목을 내밀어라 만일 내밀지 않으면 구워서 먹을 것이다."(한자로 표기)라는 내용의 노래인데 그것을 도마박물관 관장인 조국현 교수는 나름대로 노래의 뜻을 다음같이 풀이하고 있다.

"구하소서 구하소서 머리 되신 주님이 나타나게 하옵소서, 만일 나타나지 않으신다면 우리들이 불에 구이거나 외부의 침략으로 잡아 먹히게 됩니다."라는 내용으로 해석하였다.

또 그는 그것을 당시 기독교인들이 부른 찬송이라고도 한다.

부족 사람들이 모여 노래를 부르며 왕을 추대하고 분위기가 한창 무르익을 무렵 난생설화(卵生說話)의 주인공인 김수로왕이 그들 앞에 나타나 "하늘에 계신 분이 이곳에 와서 나라를 세우고 주군이 되라고 명하셨기 때문에 그 뜻을 받들어 여기까지 왔노라" 하고 추대에 화답한다.

그와 함께 내려온 6명의 북방인들도 모두 키가 크고 소양을 갖춘 사람들로, 우월한 외적 요소와 문화적 요건을 갖추고 있었는데 그들이 북방계통임을 증명해 줄 수 있는 것으로 김수로왕의 조상이 만주지역 요동반도에 세워졌던 동이(東夷) 부족의 최고 맹주였던 소호 김씨였고 가락 또는 가야라는 말이 북방계통의 언어였음에서도 알 수 있다.

수로라는 이름도 이 땅에 처음 나타났다는 의미로 수로(首露) 또는 수능(首陵)이라고 하였다. 그리고 가야라는 국가명도 만주지역의 언어로 대가락국(大駕洛國) 또는 가야국(伽倻國)이라 하였다.

그 이후, 가야는 주변의 부족국들과 가야연맹으로 출발하여 500년 이상을 영위하면서 번영을 누렸고 많은 문화적 유산(遺産)과 유물들을 남겼다.

지금도 국립 김해박물관에 가면 당시 가야의 모습이나 많은 유물들을 볼 수 있고, 당시의 생활양식이나 사회적 문화적 특성들을 한눈에 볼 수 있다.

도마는 뱃길로 북인도를 출발하여 쿠로시오해류(黑潮)를 타고 말라카해협을 거쳐 지금의 김해 부근에 도착하였고 가야국 김수로왕에 세례를 주고 복음을 전하면서 본격적인 한반도에서의 선교활동을 시작한다.

선교를 하면서 한편으로는 선진화된 문물들과 기술을 들여와 보급하여 당시 삼한의 농경사회에 많은 영향을 주고 기여하게 되는데 그 일례로 이전에는 볼 수 없었던 강철로 된 철제도구를 만들었는데, 그것을 만들기 위해 대구에 달구불대장간(제철소)을 세우고 거기에서 농사지을 때 필요한 삽이나 낫, 호미, 가래 등의 도구들과 집을 짓거나 성을 쌓을 때 필요한 공구(工具)들을 만들었다고 한다.

그리고 철이 많이 생산되는 변한지역을 중심으로 생산된 철을 강철로 만들기 위해 낙동강을 따라 제철소(대장간)를 많이 지었다고 하는데, 강철을 만드는 기술은 당시로는 첨단기술로 그것을 만드는 제철소를 지키기 위해 병사들을 보초 세워 감시하였으며, 대구에서도 달성공원(達城公園) 안에 제철소를 짓고 그것을 지키기 위해 토성을 쌓았는데, 제철소를 세운 도마가 직접 토성의 기초와 일 층을 나무로 구조물을 만들고 그 속에 조개껍데기를 넣어 기초를 만들고 그 위에 흙을 쌓았다고 한다.

그와 관련한 이야기로 당시 감문국(김천)의 제사장인 조슈아가 변한지역에 철이 많이 매장되어 있어, 그것으로 강철과 철제도구를 만들어 다른 나라에 수출하기 위해 목수이면서 제철 기술을 갖고 있는 도마를 초빙하여 변한지역 낙동강 주변으로 27개의 제철소(대장간)를 세웠다는 이야기가 있다.

도마가 동쪽 끝 한반도까지 찾게 된 배경과 사유를 살펴보면 그는 유대지파의 발자취를 따라 예루살렘 동쪽 땅끝 한반도까지 땅끝 증인으로서의 지상명령의 과업(課業)을 완수하기 위해 찾아온 것으로 그것은 BC400년까지 거슬러 올라가게 되는데, 문헌에도 나와 있는 것처럼(유대 디아스포라 출처) 당시 흩어져 살고 있던 이스라엘 10지파의 일부가 실크로드의 동쪽 끝 삼한까지 찾아와 교역을 하고, 또 일부는 이주해 온 것으로

그들은 자신들이 지켜 왔던 이스라엘에서의 종교적 의례를 삼한에서도 지키며 똑같이 행사를 하였다한다.

이스라엘에 도피성 지성소(至聖所)가 6곳이 있었던 것처럼 삼한에도 6곳에 소도(蘇塗)를 설치했는데, 그것은 태백의 소도리, 김천의 감문국, 의성의 조문국, 청도의 이서국, 경주의 사로국, 경산의 압독국에 있었으며,

그중 감로국과 압독국에서는 레위지파 사람들이 이스라엘서 가져온 법궤를 모셨으며, 그들은 매년 초막절에 법궤를 메고 압독국인 경산 부근에서 금호강을 건너는 법궤식을 하면서, 이스라엘에서 요단강을 건너며 행했던 초막절 의식을 그대로 재현하였던 것이다.

금호강은 퇴적층이 쌓여 깊이가 얕아서 걸어서 건너기가 수월하였으므로 그들은 법궤를 메고 강을 건너며 구약의 절기를 지켰으며, 그 의례는 AD140년경 일본으로 건너가 일본에서는 지금까지도 전래되고 있다

고 한다.

그 초막절의 전통이 삼한에서 유래되어 지속적으로 내려오면서 우리의 추석으로 바뀌었다는 학설이 있는데, 지금까지도 초막절과 추석이 같은 날이고 세계적으로 지키는 나라는 우리와 이스라엘밖에는 없는 것으로 알려진다.

당시 동서 간 문화적 상황과 유산(遺産)과 관련하여 우리와 연관된 내용을 잠시 살펴보면, 로마에는 세계적 건축물인 콜롯세움을 세웠는데 AD70년경 로마의 티투스장군이 8만의 병력을 동원하여 로마제국에 항거하며, 대적하던 유대의 예루살렘성을 함락시키고 성안에 있던 유대 사람 110만 명 중 100만을 죽이고 10만 명을 포로로 로마로 데려가 그들을 강제노역에 동원하여 콜롯세움을 세웠다고 한다.

당시 그렇게 세운 건축물이 지금은 세계적인 관광명소가 되었고 그들의 문화적 역사적 자랑거리로, 유럽은 물론, 세계적으로 최고의 유산으로 각광 받고 있는데 그와 동시대(同時代) 한반도에도 그에 못지않게 훌륭한 유물들이 있었다.

경주의 황남대총 1기 고분에서 출토된 유물들만 거의 6만 점이나 되었는데 수려함이나 정교함이 당대 최고이고 예술적 가치가 결코 그들에게 뒤지지 않음을 보여주고 있다.

그러나 당시 삼한시대의 많은 유물과 유적들이 없어지거나 훼손되어 세상에 빛을 보지 못하고 세계 문화유산에 오르지 못한 유적들이 많았는데, 그 원인 중, 가장 큰 요인으로 일제 강점기에 행해진 민족문화말살정책 때문이었다. 그들은 우리의 역사적 유적과 유물들이 외부로 알려지는 것을 금기시 하면서 그것을 일본으로 옮겼으며, 우리의 역사적 사실들을 축소, 은폐시키고 문서로만 각종 역사 문헌과 연보(年譜) 등 20여만 권 이상을 가져갔고 그 외에도 많은 보물이나 도자기, 가치 있는 역사적 유물들을 일본으로 옮겨갔다.

그렇게 우리의 유구한 역사와 문화적 유산으로, 서구에 비해 결코 뒤지지 않았던 소중한 유적과 유물들이 없어지거나 훼손되어 저들에 비해 크게 각광 받지 못하고 있는 현실이 안타까울 뿐이다.

그리고 문화뿐만 아니라 강점기 시절, 일제는 우리의 유구한 역사를 호도(糊塗)하기 위해 한반도 고대국가 역사의 시발점인 고조선이나 삼한시대의 기록들을 없애거나 전설이나 설화로 폄하(貶下)하고 절하시키면서 우리의 유구한 역사적 유산들을 비하(卑下)시켰다.

그들은 우리의 조상은 샤머니즘을 믿는 미개한 민족으로, 문화민족인 자신들이 미개한 한국 문명을 깨우치게 한다는 민족개조론(民族改造論)을 내세우면서 우리 민족의 뿌리인 고조선과 삼한의 역사를 축소, 왜곡시킨 것이다.

고대 한반도 북쪽에는 고조선이 만주와 연해주까지 아우르는 광대한 영토를 통할하고 있었고 남쪽에는 진(辰)나라 이후 삼한이 들어서 부족국가연맹을 구성하고 있었는데, 그 시기는 우리 고대국가의 출발점으로 매우 중대한 민족사적 시점이었는데, 그들은 그러한 우리의 중요한 역사적 사실과 문화유산들을 은폐하면서 자신들이 일천한 우리의 역사와 미개한 문명을 깨우치게 하고 문명국가로 만들겠노라고 민족개조론(民族改造論)을 교육하면서 식민지를 정당화하려 부단히 노력했던 것이다.

삼한의 역사는 한반도 유사 이래(有史以來) 빼놓을 수 없는 중대한 민족사적 자산인데, 지금까지도 그 역사적 사실의 대부분이 축소되거나 왜곡되어, 앞으로 복원(復元)해야 할 의무이자 우리의 역사적 과제이다.

삼한시대에 제사장들은 청동으로 만든 검이나 허리띠, 장식물들을 휴대하였으며, 당시 제사장들의 무덤에서 많이 출토되고 있는데, 그것은 삼한이 청동기문화였음을 알려주고 있다.

또 삼한시대에 낙동강 주변으로 약 27개의 제철소(대장간)가 있었다고 전해지는데, 철이나 무쇠를 녹여 강철을 만들어 각종 도구와 농경에 필요한 기구나 용품을 만든 것으로, 청동기문화와 병행하여 철기문화가 시작되는 새로운 전환점이 되는 시점이었음을 보여주고 있는 것이다.

변한은 당시 철이 많이 매장되어 제철 강국으로, 주변 국가와 멀리 동유럽에까지 철과 강철제품을 수출하였으며, 주요 수입원으로 각광을 받았다고 알려져 있는데, 삼국사기나 가락국기 등 문헌에 나와 있고 중국 문헌에서도 기록들이 있다.

삼한에서 당시 강철을 생산했다면 그걸 만들기 위해 누군가 그를 위한 선진기술을 갖고 들어왔거나 전수했을 것인데, 전해오는 이야기로는 당시 이스라엘 레위지파의 후손으로 감문국(김천) 제사장 조슈아가 목수로서 나무와 돌뿐만 아니라 제철에 대해서도 선진기술을 갖고 있던 도마의 소문을 듣고, 그를 초빙하여 제철소를 짓고, 선진기술로 강철을 만들어 삼한에 보급했다는 이야기가 있다.

당시에는 거의 모든 부족국가가 제정일치(祭政一致)로 사회와 국가를 다스렸는데 삼한은 그렇지 않았고, 삼한에는 정치적 지도자와 별개로 제사장인 천군(天君)이 따로 있었는데 그것은 이스라엘 레위지파가 삼한에 와서 제사장을 맡았기 때문이라고 추측한다.

그들은 이스라엘에 지성소(至聖所)가 있었던 것처럼 삼한에서도 똑같이 6개의 소도(蘇塗)를 세웠고, 그곳에서 천군(天君)이 제를 지냈으며 그곳은 신성한 곳이라 죄인이 숨어도 들어와서 잡아가지 못하였다.

이처럼 당시 이스라엘에서의 종교적 의례와 행사들이 삼한으로 들어와 거의 동일하게 행하여진 것으로, 그와 관련하여 국립 김해박물관에는 히브리어의 알파벳이 새겨진 토기 파편들이 전시되어 있는데, 그것은 당시 유대지파 사람들이 한반도 남쪽까지 내려와 종교행사를 하였고, 그러한 종교적 행사와 생활의 편의를 위해 만든 토기들로 세월이 지나면서 조각으로 남아있는 것으로, 당시 삼한에서 유대의 종교적 행사와 활동들이 활발했다는 사실을 뒷받침해 주고 있다.

또한 삼한시대의 유물로 발굴되고 있는 커피와 유황은 레위지파 사람들이 이스라엘에서의 방식대로 제사와 절기를 지키고 사용하기 위해 가져온 것으로, 그러한 당시 한반도 삼한에서의 유대지파의 활동과 발자취를 찾아 도마가 한반도까지 찾아오게 된 연유(緣由)라고 볼 수 있다.

그의 제1차 선교여행으로 인도의 북동부지역에서 복음을 전하던 중, 말레이와 한반도에 유대 사람이 살고 있다는 얘기를 듣고 북인도를 출발하여 해상루트를 따라 말레이반도에 도착해 잠시 사역하고 다시 한반도로 향한다.

한반도 남단 가야국으로 도착하여 가야연맹을 비롯하여 한반도 삼한에서의 사역을 본격 시작하면서 낙동강 물줄기를 거슬러 끝까지 올라가 닿은 곳이 영주(榮州)이다.

영주는 당시 초원의 길인 육상 실크로드와 바닷길 해상 실크로드가 만나는 동쪽 끝 지점으로, 동서 교역의 마지막 종착지였고 거기서 도마는 스승의 지상명령인 땅끝 증인이 되라는 미션을 완수한 기념으로 가지고 온 못과 망치로 자신의 석상을 만들고 이름을 히브리어로 새겨 넣는다. 그것이 영주 왕유리 도마석상이다.

그가 영주에서 동쪽 땅끝 사역을 기념하기 위해 만든 석상을 살펴보면, 석상 우측에 히브리어 글자가 양각되어 있는데, 그것은 알파벳으로 도마라고 되어 있고 왼쪽으로는 십자가를 물고 있는 비둘기가 있다.

그리고 발가락들이 밖으로 드러나도록 조각되어 있는데 그것은 당시 도마가 살았던 중근동지역에서의 조각 양식으로 그런저런 정황들을 여러 측면에서 살펴보고 종합해 볼 때, 도마는 원래 목수이면서 뛰어난 석공(石工)이었기 때문에 그 자신이 한반도에서의 동쪽 땅끝 사역을 마친 기념으로 직접 만든 것으로 추정한다.

그렇게 자신에게 주어진 사명을 완수하면서 그 기념으로 영주에 석상을 만들었고 그 후, 삼한을 순례하며 복음을 전하면서 선교활동을 하던 중, AD48년 경 예수 어머니 마리아의 죽음으로 장례식 참석하기 위해 다시 예루살렘으로 돌아간다.

여기서 도마가 한반도에서의 사역을 하는 데 중요한 역할을 하는 가야국과 관련하여 가야의 건국 과정과 김수로왕의 혼례에 얽혀진 이야기들과 그리고 삼한의 당시 사회적 문화적 상황과 삼한에서의 도마와 관련한 전반적인 내용들을 살펴보기로 한다.

AD41년경 도마가 가야를 건국하는 데 기여하는 중요한 사건 하나가 발생하는데 그 내용인즉, 삼한의 청도지역에서 나중에 신라가 된 사로국이 이서국을 공격하였는데 사로국이 이서국을 공격한 이유가 이서국의 사람들이 하나님 대신 다른 신을 데려와 섬긴다고 해서 공격한 것으로, 일종의 종교전쟁이었다.

사로국에 패하여 쫓기고 있던 이서국 왕자가 나중에 가야의 왕이 된 뇌질청예로, 김해로 도망하여 김해에서 머물고 있던 도마를 만난다. 도마는 이들을 영접하고 그들에게 하나님 이름으로 축복하고 세례를 베푼다.

그리고 믿음의 형제가 되기로 약속하고, 이서국의 왕자 뇌질청예를 김해와 인근지역을 아우르는 부족들의 왕으로 추대하니 그가 가야국의 초대(初代) 왕 김수로왕이다.

가야(伽倻)라는 말은 예수의 기적을 상징하는 이병오어의 물고기를 의미하며, 예수를 영접하여 세운 국가라는 뜻이다.

김수로왕은 자신을 구해주고 세례를 준 도마에게 왕비를 간택(揀擇)해 줄 것을 요청하고 혼례를 부탁한다.

신하들의 천거를 마다하고 자신은 오직 하늘에서 점지해 준 신부를 기다리겠노라 한 것도 그러한 사유(事由)가 있었기 때문이다.

이에 도마는 그에게 순결과 청결한 생활을 주문하였고, 가야국이 점차 안정된 국가로서의 면모를 갖춰감에 따라, 그의 혼례를 추진한다.

여기서 도마가 김수로왕의 혼례를 추진하면서, 그와 관련하여 몇 가지 에피소드가 있는데 그는 예수의 어머니 마리아의 죽음으로 장례식에 참석하기 위해 AD48년경 다시 예루살렘으로 돌아가는 길에 1차 인도에서의 선교여행 때 복음을 전했던 아유타국을 방문하여 왕에게 공주를 자신이 세례를 준 가야국 수로왕에게 출가시킬 것을 권유한다.

그러나 처음에 왕은 알지도 못하는 그 먼 데까지 공주를 보낼 수 없다고 완곡하게 거절하였다 한다.

그러나 밤에 꿈을 꾸는데, 꿈에 하나님이 그에게 가야국의 수로왕은 내가 점지한 신실한 사람이니 그에게 공주를 출가시키라고 명한다.

이에 왕은 마음을 바꾸어 자신의 딸을 멀리 떨어진 동방의 제국 가야의 수로왕에게 출가시키기로 결심한다.

그리하여 제법 큰 배를 만들어 하인들과 사공 등 수십 명의 신하들과 금은보석들과 식량, 혼수들을 가득 싣고 공주와 함께 가야로 출항시킨다.

그러나 배가 출발하여 얼마 못 가 다시 돌아왔는데, 풍랑이 너무 거세 배가 요동치고 흔들려서 더 이상 나가지 못하고 돌아온 것이다.

그로 인해 불길한 생각으로 가야로의 공주의 출가를 보류했는데 신하들의 제안으로 배 밑에 무거운 돌들을 싣고 다시 출항하였으나, 배가 김해 앞바다에 이르러 갯벌에 빠져 꼼짝을 못 하였다. 한동안 오도 가도 못하고 우왕좌왕하던 끝에 나중에 김수로왕이 보낸 작은 배로 갈아타고 겨우 빠져나와 가야에 도착할 수 있었는데, 그때가 썰물 시간대이였기 때문이었다.

그러한 우여곡절을 겪으며 결국 인도 아유타국 허황옥 공주와 가야 수로왕과의 혼례가 성사가 된다.

도마는 가야에 오기 전부터 인도에서 사역하면서 왕궁도 짓고, 교회도 지었으며 많은 건축물과 유적들을 남겼다.

그리고 한반도에서도 영주의 도마석상, 김천에 돌절구통 그리고 경산의 성도상과 목자상, 대구 달성공원에 달구불이라 불리는 제철소(대장간)

를 세우며 성곽(達城公園)을 축조하였고, 김해에서도 방서판을 기둥에 설치하여 쥐가 집이나 창고로 못 올라가도록 고안한 고상 가옥도 지었다.

방서판 가옥은 원래 알렉산더대왕이 탁실라에 도시를 만들면서 건축할 때 적용한 양식으로, 도마가 가야에서도 집을 지으며 사용하였던 것이다.

도마는 유서 깊은 삼한 땅을 순례(巡禮)하면서 부족 사람들에게 복음도 전하고 농경사회에 필요한 도구와 장비들을 만들어 보급하였으며 사역하면서 곳곳에 돌을 다듬어 믿음을 위한 상징적 표상으로 조각상을 만들었는데 영주의 석상뿐 아니라 부족국가인 압독국(경산)에서는 옷에 어린양을 품고 있는 목자상과 두 손을 모으고 기도하는 성도상을 조각했는데, 그것을 조각한 정이 예수의 십자가에서 사용했었던 못이었다는 이야기도 있다.

돌을 잘 다루는 석공으로서 도마는 자신의 흔적을 삼한지역 곳곳에 남기었고, 김천에 와서는 농경 생활에 편의를 위한 돌절구통과 행운을 비는 솟대를 만들어 기념으로 남긴다.

도마가 삼한에 오기 훨씬 전(BC400)부터 유대의 상인들이나 종교적 목적의 사람들이 초원의 길 실크로드를 통해 한반도 삼한 땅에 들어왔는데 특히 레위지파의 제사장들이 한반도에 들어와 삼한의 제사장인 천군(天君)이 되었다고 한다. 그들은 제단을 만들어 하늘에 제를 지냈으며 옻칠한 붓들과 히브리어로 조각한 토기들을 남겼는데, 시간이 지나면서 토기가 파손되거나 부서지면서 파편으로 남아 지금은 김해박물관에 보관되어 있다.

그리고 당시 김천의 감문국, 의성의 조문국, 청도의 이서국, 경주의 사로국, 경산의 압독국과 강원도 태백까지 총 6개의 소도를 설치했는데, 그것은 레위지파 사람들이 삼한에 들어와 천군이 되면서, 이스라엘에서의 대피소와 같이 삼한에도 같은 목적으로 똑같이 여섯 군데 설치한 것이며 그들은 또 매년 초막절에 요단강에서 메고 건너던 법궤식 의례를 삼한에서도 똑같이 하였는데, 초막절에 법궤를 메고 금호강을 건너며 의식을 행하였던 것으로 전해진다.

구약의 레위기의 방식대로 제를 드리고 법궤식을 하였으며, 당시 금호강에는 많은 사람들이 모여 축제를 하였는데 그때 춤을 추며 부르던 노래가 강강수월래로, 형형색색의 옷을 입은 여자들이 손을 잡고 둥글게 돌면서 추는 춤사위가 이스라엘의 민속춤인 마임과 비슷하였으며, 그것은 초막절에 법궤를 메고 강을 건너면서 춤과 노래로 흥을 돋우고 무사히 강을 건너기를 바라는 뜻으로 부른 축원(祝願)의 노래였다.

이후, 법궤는 AD142년에 일본으로 건너가 오미코시에서 전통적으로 행사를 하였으며 일본의 다른 지역에서도 행사를 하면서 지금까지 전래되고 있다.

그리고 당시 재미있는 이야기로, 이스라엘 레위지파 일부가 한반도에 와서 유대에서의 방식대로 의식(儀式)을 지내기 위해 비둘기를 잡아 제단에 올리려고 하였으나 삼한에는 비둘기가 없었고 더구나 산비둘기는 잡을 수도 없어서 매사냥으로 꿩을 잡아 제단에 올렸는데, 꿩을 못 잡을 때는 집에서 키우던 닭을 대신 잡아 제단에 올렸다 한다. 그래서 그때부터 꿩 대신 닭이라는 말이 유래되었다고 한다.

김해박물관에는 삼한시대 히브리어 알파벳으로 조각된 토기 파편들이 있는데 언어학적으로 히브리어는 한글과 모음과 발음이 비슷하였으며 그것은 당시 삼한에서 제사를 주관하던 사람들이 유대 레위지파 사람들로 그들은 종교, 문화뿐 아니라 언어학적으로도 삼한 사회에 커다란 영향을 미친 것으로 생각된다.

당시 삼한은 마한에 54, 진한에 12, 변한에 12개로 총 78개의 소부족국가로 이루어진 부족국가 연맹으로, 농사를 생업으로 하는 농경사회였는데 농사를 지을 때 서로를 돕기 위해 두레라는 협동체를 만들었으며, 바쁜 농사철이나 일손이 필요할 때 서로가 돕고 협력하기 위한 것으로, 품앗이의 시작이었음을 알 수 있다.

특히 변한지역은 철이 많이 생산되면서 일손이 모자라, 주변 부족국가에서도 도와주기 위해 원정 가서 협동으로 제철소를 짓고 강철로 된 도구를 만들어 멀리 동유럽까지 수출하였다 한다.

한반도 이남에서 BC400년 무렵부터 소규모 부족들이 연합하여 부족연맹으로 출발한 삼한은 그 후, 한반도 북쪽으로 세력을 갖고 중국이나 다른 민족의 외침을 막아주던 고조선이 망하면서 고조선의 유민들이 흩어져 남쪽으로 내려와 새로운 삼국(三國)시대를 여는 데 주도적 역할을 하게 되는데 그로 인해 삼한의 부족국가들은 잘 훈련된 군대조직과 국가로 체제를 정비한 고구려, 신라, 백제의 삼국(三國)에 각각 흡수된 것으로 여러 문헌과 자료들을 통해 알 수 있다.

한반도에서의 고대국가의 시작은 고조선과 삼한이며 고조선은 만주와 연해주를 아우르는 광활한 영토를 차지하면서 부족국가연합을 형성하여 동북지역의 중심적 역할을 하였다.

그러나 일제 강점기를 거치면서 그렇게 광활한 영토를 통할하면서 오랜 시간 대륙을 호령하던 고조선의 역사가 축소, 왜곡되고 단군 시조의 역사도 신화나 전설처럼 호도(糊塗)되고 비하되었다.

한반도 남단 삼한의 역사는 그보다 더하다. 가야국이 남쪽 지역에서 500년 이상을 영위하며 번영한 국가였는데도 유명무실한 변방의 부족국으로 역사에 이름만 남아있으며, 삼한시대에 발달한 청동기, 철기문화도 빛을 제대로 보지 못하였고, 많은 역사적 유적과 유물들이 일본으로 건너갔으며 그 외 많은 문헌이나 기록물들도 소각되거나 일본으로 건너갔다.

당시 그러한 정황속에서, 한반도까지 찾아와 서구의 기독 문물들을 전하고 선진화된 문화와 물품들을 보급하면서 복음을 전하던 도마의 행적이나 자료들은 더더욱 찾아보기 힘들어지고 오리무중(五里霧中)으로 된 것이다.

다행히 아직 몇 가지 남아있는 그의 유물과 유적, 그리고 김수로왕의 혼례와 성찬을 위해 가져온 로만그라스 유리잔 등 몇몇 유물들이 남아서 흔적으로 지금까지 보여주고 있다.

도마는 아시아선교를 떠날 때 '차라리 이스라엘의 잃어버린 양들을 찾아가라'는 스승인 예수의 가르침을 금과옥조(金科玉條)로 가슴에 품고 1차, 2차 인도지역 사역에 나섰는데 동방교회를 기점으로 인도의 동북부지역의 미조람, 탁실라와 동남쪽 케라라와 타밀나두주를 찾아 선교활동을 하였고 초반에는 매우 힘들고 어려웠지만 날이 갈수록 나아지며 희망적인 사역을 하게 되었다.

1차 선교여행 중에 유대마을과 회당이 있다는 말레이반도를 찾아가 잠시 사역하고 3차 선교여행으로 일컬어지는 예루살렘의 동쪽 끝 한반도 땅을 찾아오게 된다.

한반도에 이스라엘 10지파의 일부가 동북쪽 초원의 길을 따라 동쪽으로 이동하여 만주와 몽골지역에 부족국가를 형성하고 살면서 그들 중 일부가 한반도 남쪽으로 온 것을 알고, 그들의 발자취를 따라 찾아온 것이다.

그리고 그들의 후예인 가야국의 김수로왕을 만나 세례를 주었고, 한반도에서 본격적인 사역을 시작한다.

사역을 하면서 낙동강 물줄기를 따라 올라가 끝부분인 영주에 도착하여, 동서 간 실크로드의 종점인 영주에서 동쪽 땅끝 사역을 완수한 것에 대한 기념으로 자신의 석상과 이름을 남긴다.

그는 거기서 하늘에 사명을 이루게 해주신 데 대한 감사와, 스승의 지상명령인 땅끝까지 가서 증인이 되라는 약속을 지킨 것에 대한 기쁨과, 벅찬 가슴으로 감격의 눈물로 기도드리고, 다시 인도로 건너가 복음을 전하다 타밀나두의 마즈다이왕에게 잡혀 처형당하며 순교(殉敎)한다.

앞으로도 더 고증하고 연구해야 할 과제이지만, 지금으로부터 이 천년 전 도마의 행적과 한반도에서의 그가 남긴 흔적들을 추적하고 전해지는 이야기와 정황들을 살펴보면서, 그가 왜 예루살렘의 반대편 동쪽끝 한반도까지 찾아오게 되었는지의 동기와 까닭에 대해 확연하게 이해할 수 있게 되었다.

그리고 처음에 궁금해하던 그당시 그 먼 길을 어떻게 왔을까, 어떤 교통수단으로 왔을까 하는 의문점들도 풀리게 되었다.

그것은 위에서도 몇 차례 언급했던 것처럼 당시에 이미 개척되어 교류하던 세 군데 동서 간 주요 루트가 있어, 도마가 인도에서 바닷길을 통해 한반도에 오기까지는 불가능하거나 그렇게 막역하게 어려웠던 일은 아니었던 것으로 생각된다.

이미 훨씬 이전 솔로몬시대부터 개척해 놓은 교역 루트를 통해, 인도양에서 태평양으로 들어오는 쿠로시오해류(黑潮)의 해상길 루트를 통해 도마의 아시아선교가 가능하였고, 그 길을 따라 한반도까지 올 수가 있었던 것이다.

그러한 그의 험난한 파고를 헤치며 죽음을 무릅쓴 선교로 기독교가 크게 부흥될 수 있었고, 마침내 그는 스승의 지상명령인 동쪽 땅끝 사역을 완수하게 된다.

사도바울의 유럽지역과 스페인에서의 서쪽 땅끝 사역을 완수한 것과 함께 땅끝 증인이 되라는 지상명령의 과업(課業)을 이루게 된 것이다.

그는 사역하면서 엄청난 핍박과 수없이 많은 죽음의 고비들을 넘나들었고, 그때마다 기도와 간구로, 하늘의 도움으로 또 이적을 행하면서 구사일생(九死一生)으로 그 위기들을 넘길 수 있었다.

그리고 한반도에서의 땅끝 사역을 기념한 그의 석상에는 '도마는 기도하는 사람'이라는 히브리어가 새겨져 있는데, 당시 삼한에서 사람들 사이에서는 그의 기도를 하늘에서 모두 들어준다는 소문이 파다했다고 한다.

그러한 당시의 모든 정황들을 놓고 볼 때, 사실은 신라시대 이차돈의 순교(AD527, 법흥왕)로 불교가 공인되기 훨씬 이전 한반도에 도마에 의해 이미 기독교가 들어온 것으로 볼 수 있는 것이다.

국립중앙박물관, 국립대구박물관, 경북대, 대구대, 영남대, 김해박물관 등에 보존되어 있는 삼한의 역사와 관련 유물들, 그리고 문헌과 자료들에서 알 수 있듯이, 그것은 구전이나 설화가 아니고 살아있는 역사로서 도마는 당시 가야국을 시작으로 한반도에서의 삼한지역을 무대로 감문국, 압독국, 사로국, 이서국, 조문국 등 부족국가들을 순례하면서 복음을 전하며 선교활동을 하였고, 또 한편으로는 선진문물과 문화적 양식들을 들여와 보급하면서 당시로는 고난도 첨단기술이던 강철과, 그 강철로 도구들을 만들어 삼한의 농경사회에 지대한 영향을 미쳤으며 그 외에도 거실과 창고에 쥐의 접근을 방지하는 고상 가옥, 돌절구통 등 농경에 필요한 물품들을 만들어 삼한 사회 발전에 커다란 기여를 하게 된다.

특히 지금까지 발견된 가야연맹에서의 기독적인 유물과 흔적들은 도마가 이 땅에 와서 복음을 전하고 사역을 했다는 사실적 증거물들이다.

그는 예수의 제자로, 한반도를 찾아온 최초의 선교사였고 예루살렘 동쪽 끝 한반도까지 찾아와 땅끝 증인으로서의 사명을 완수한 그리스도의 사도였으며, 삼한 사회에 선진문화와 문물을 보급시키고 일깨운 선각자(先覺者)로서 지금으로부터 이천 년 전 그의 한반도에서의 발자취와 흔적, 역사적 사건들을 살펴보면서 그와 더불어 당시 삼한에서의 문화적 사회적 역사적 사실들, 도마의 한반도에서의 행적들을 새롭게 조명하고 제고(提高)해야 할 것 같다.

제10장

도마의 한반도에서의 흔적
(사진 자료)

사진 출처 : 도마박물관

도마 초상

도마 석상(영주)

돌절구통(김천)

목자상   성도상

로만글라스

방서판

히브리어 알파벳 토기파편

이스라엘 도피성 6곳 (민35:9-34, 신19, 수20)

삼한시대 천군(제사장)이 다스린 소도(도피성) 6곳